Das leere Ich
Martin Kreuels

Impressum

© 2023 Dr. Martin Kreuels

Text und Idee: Dr. Martin Kreuels (www.martinkreuels.de)
Lektorat: Emma Theres Kreuels, Darmstadt
Design: Maya Terler, Vorau (www.maya-schreibt.com)
Herstellung und Verlag: BoD – Books on Demand, Norderstedt

ISBN 9783739205496

Martin Kreuels

DAS LEERE ICH

ANMERKUNG

Nach Jorge Luis Borges, einem Schriftsteller und Bibliothekar aus Argentinien, sind Bibliotheken Türen in der Zeit. Türen in die Vergangenheit für das, was bereits geschehen ist. Alles, was wir direkt erleben ist im nächsten Augenblick schon Vergangenheit. Es ist für uns nicht mehr erreichbar und vergeht, wenn sich darum keiner kümmert. Aufgeschrieben von Menschen, die sich zur Aufgabe gemacht haben, Dinge, Menschen, Handlungen zu konservieren, damit sie mit dem Eintritt in die Bibliothek die Möglichkeit haben, auf Vergangenes zurückzugreifen. Mit jedem Herausziehen eines Buches aus einem der vielen Regale, öffnen sie eine Tür. Manchmal nur einen Spalt breit, wenn sie das Buch nur anlesen, manchmal öffnen sie die Türe ganz, wenn sie im Buch versinken.

Wenn sie zurückgehen, nehmen sie ein kleines Stück der erlebten Vergangenheit mit in ihre Gegenwart, als ob etwas haften an dem bliebe, der das Buch geöffnet hat. Durch das Hin und Her knüpfen sie ein Netz zwischen den Zeiten. Sie verknüpfen vergangene Erfahrungen mit denen der Gegenwart. Sie werden zu Zeitreisenden, Wanderern zwischen den Welten, zwischen Kontinenten, Epochen, Kriegen und Universen. Sie werden zu Boten, bekommen eine zusätzliche, manchmal auch eine neue Aufgabe. Sie lösen die Verdammnis, nur in ihrer Gegenwart isoliert zu sein, weil sie bereits gefallene Entscheidungen nachlesen können.

Der Leser ist der Bote für vergangene Informationen, die er weitertragen kann. Der Autor wird zum Buchhalter, zum Informanten, der die Vergangenheit bewahrt.

„Und manchmal liegt das Buch auch in uns, wir müssen es nur finden, aufschlagen und lesen. Dafür benötigen wir ab und an den Rückzug, das Verlassen von ausgetretenen Pfaden. Mut gehört genauso dazu, wie die Zeit, die wir uns heute nicht mehr geben. Ein Buch zu lesen, bedarf Zeit. Jeder Buchstabe, jedes Wort will gelesen werden, denn nur so ergibt sich ein Zusammenhang,

ein Sinn und das Verständnis, nach dem wir die ganze Zeit gesucht haben. Ich für mich bin jetzt wohl an diesem Punkt. Zehn Jahre habe ich gesucht, hab mich mit Wissen von außen abgeglichen, habe versucht für mich einen Weg zu finden und muss erkennen, dass ich zu viel nach hinten geschaut habe. Ich habe die ganze Zeit in meinem Buch gelesen. Jetzt, zehn Jahre später, bin ich in einer neuen Position und richte meinen Blick nach vorne. Spannend dabei ist, dass ich das wieder aufnehme, was ich vor den zehn Jahren getan habe. Ich knüpfe an, an meiner Vergangenheit, um nach vorne zu schauen. Es fühlt sich gut an, auch wenn ich im Augenblick noch etwas unsicher bin. Ich muss wieder Tritt fassen, um auf festem Grund gehen zu können. Das wird seine Zeit dauern, aber auch die zehn Jahre waren notwendig. Ich habe überlegt, ob sie verloren waren. Manchmal hatte ich den Eindruck, manchmal glaube ich es noch, aber ein Gedanke macht sich breit, dass es vielleicht notwendig war, ein Teil meines Lebens ist. Meine Aufgabe ist es zu akzeptieren, Frieden zu schließen, um weiterzugehen."

FOX

Fox ist ein durchschnittlicher Typ in einer langweiligen Kleinstadt mit unauffälligen Freunden und einem normalen Einkommen. Er lebt ein unaufgeregtes Leben mit seiner Frau Sunday und den Kindern Joy und Hope. Seine Frau könnte man als lieb bezeichnen. Die Kinder gelten als handzahm. Sie sind in der Schule keine Überflieger, müssen aber auch nicht um ihre Versetzung bangen. Ihr Ziel ist es, nicht aufzufallen. Sie bewegen sich stets im Normalbereich zwischen Markenkleidung und Secondhand.
Die ganze Familie hält sich am liebsten im sicheren Mittelfeld auf. Es passierte nichts, was einem Sorgen bereiten müsste.
Fox' Haus steht in einer Siedlung, in der sich die Eigenheime nur anhand der Hausnummern unterscheiden. Selbst die Vorgärten ähneln sich wie ein Ei dem anderen. Alle Hausbesitzer haben zur Straße hin eine Jasminhecke gepflanzt, exakt einen Meter hoch, dahinter befindet sich ein 3,5 cm hoch geschnittener Rasen mit einer kleinen Rotbuche als Zentrum. Der Rasen ist eingefasst mit grauen Randsteinen und die Zufahrt rötlich gepflastert.
Die Straßen sind in einem immergleichen Schachbrettmuster angeordnet, ohne Auffälligkeiten oder Unterschiede. Es gibt Luftbilder von solchen Siedlungen, die durch ihre Ordnung bestechen und einem Angst machen.

Die Siedlung ist von Maisfeldern umgeben. Monotone Pflanzenreihen, übermannshoch in einem gleichmäßigen Grün. Alle wiegen sie sich in die Richtung, in die der Wind sie zwingt, nur um sich dann wieder aufzurichten, als ob nichts geschehen wäre. Jeder Pflanze hat ihren Platz und ist gleichweit von ihren Nachbarn entfernt. Sie zieht Nährstoffe und Wasser aus dem Boden, nutzt die Sonne für stoffwechselphysiologische Prozesse und wächst bis zu einer gewissen Höhe. Im Durchschnitt sind dies zwei Meter. Parallel zum Wachstum legt sie einen Maiskolben an, der irgendwann im Spätsommer gelbe Körner ausbildet.

Keine von den Maispflanzen weiß, dass der Tag kommen wird, da sie fallen werden, geschlachtet, durch eine große Maschine, die herzlos durch die Reihen fahren wird, um zu nehmen, was dort steht und Platz für Neues zu machen.

Im Augenblick stehen sie im Sonnenlicht, umgeben die Siedlung und schirmen sie von der Natur ab. Hinter den Maisfeldern beginnt das Chaos. Die Menschen der Siedlung sehen bis zu dieser grünen Wand, schauen nicht über sie hinweg, weil kaum jemand der hier wohnt, länger als zwei Meter ist. Im Laufe der Zeit haben sie vergessen, dass es ein Leben jenseits des Feldes gibt. Wachstum und Bewegung jenseits der Wand und jenseits der Ordnung. Sie sehen weder die Rehe noch die Hasen. Selbst die Blumen, die am Feldrand leben, in denen Insekten spielen und neben denen die Maulwürfe kleine Burgen bauen, sind ihnen unbekannt.

Wenn der Mais fällt, wird es Herbst sein. Die Bäume verlieren ihre Blätter, die Tiere ziehen sich zurück, um im Winter zu ruhen. Die Blumen am Feldrand verblühen. Es bleiben nur tote, braune Überreste von ihrer Pracht.

So war das Leben, das Fox kannte und schätzte. Monotonie sicherte sein Leben. Alles war gleich. Alles belanglos. Es gab keine Unruhe und keine Änderung im stetig gleichen Einerlei der Siedlung und des Lebens.

Fox fährt ein kleines graues Auto mit wenig PS. Die Ausstattung ist einfach und auf das nötigste reduziert. Einen CD-Spieler hat er nicht, nur ein Radio. Die Sender schreiben ihm die Musik vor. Das macht es einfacher. Es gibt keine Entscheidungen zu treffen. Alle haben ein Auto. Wofür er selbst ein Auto benötigt, weiß er nicht. Den Weg zur Arbeit oder zum Einkaufen könnte er genauso gut mit dem Fahrrad erledigen. Urlaubsfahrten werden mit der Bahn durchgeführt.

Betrachten wir Fox genauer:
Er sieht durchschnittlich gut aus, auf eine unauffällige, schlichte Art und Weise. Er pflegt sich und ist höflich.

Fox ist glücklich. Zumindest hält er sich dafür. Die Definition von „glücklich" ist ihm zwar nicht ganz klar, dieser Umstand stört ihn aber auch nicht weiter. Er macht das, was alle anderen tun. Somit macht er also alles richtig, und damit ist man zwangsläufig glücklich, oder? Es entspricht der Norm.

Seine Eltern stammen aus einer Hochhaussiedlung. Die Mietwohnungen haben keine Nummer, aber die Farbe der Balkone ist unterschiedlich. So kann man sicher nach Hause finden. Pfiffige Architekten entwickelten diesen Plan. Seitdem gibt es viel weniger Nachfragen in der Wohnungsbaugesellschaft. Fragen kosten Personal, Geld und vor allem Zeit. Deshalb setzte die Gesellschaft, sich eines Tages hin und berechnete den Preis. Was kostet es wohl, alle Balkone unterschiedlich farbig zu streichen? Wie sich herausstellte, konnte man eine ganze Planstelle einsparen. Jetzt verlaufen sich die Bewohner nicht mehr.
Jeder kann sich seine Balkonfarbe merken. Sie steht aber auch in jedem Wohnungspass.
Leider zeigte sich bald, dass die Menschen keinen Grund mehr haben, miteinander zu reden. Gespräche sind überflüssig geworden. Auch die Anzahl der Freundschaften, Beziehungen und Eheschließungen nimmt ab. Die Anzahl der Singlehaushalte nimmt dagegen zu, während die Familienhaushalte abnehmen.
Es finden keine zufälligen Begegnungen mehr statt, die Wahrscheinlichkeit neue Menschen oder vielleicht sogar potenzielle Partner zu treffen schwindet und die Menschen der Siedlung vereinsamen zunehmend. Die ersten Wohnungen sind bereits leer. Kinder gibt es nur wenige.
Die Diskothek, in der sich die jungen Leute früher trafen, hat man vergessen. Sie wurde nicht farblich gekennzeichnet. Sie hatte ja keinen Balkon.
In dieser Siedlung ist Fox aufgewachsen. Sie ist bunt, erscheint warm und freundlich. Und doch friert man selbst im Sommer. Seine Eltern wohnen dort noch immer. Ihr Balkon ist maisgrün.

Fox ist schon eine ganze Zeit aus der elterlichen Wohnung ausgezogen. Er hat es besser getroffen. Er hat ein Eigenheim mit eige-
nem Autostellplatz. Wenn man ihn fragt, zu wem er gehört, sagt
er: „Ich gehöre zur gutbürgerlichen Mittelschicht. Gutbürgerlich
deshalb, weil das gute Bürger sind, die ihre Aufgaben tun." Unter
„ihre Aufgaben tun" versteht er: Das tun, was einem aufgetragen
wird. Und nur das.

Morgens, wenn er zur Arbeit fährt, bilden sich kleine Staus in
der Siedlung. Alle männlichen Nachbarn fahren zur gleichen Zeit
los. Die Frauen bleiben zu Hause. Ein klares Rollenverständnis.
Emanzipation ist mit zu viel Unruhe verbunden. Vor allem muss
man sich absprechen und das will keiner. Es führt oft genug zu
Konflikten, und die kosten Kraft und Zeit.

Die Männer treffen sich zeitgleich vor dem Haus, steigen syn-
chron ins Auto, rollen die Wagen rückwärts vom Grundstück und
ordnen sich ein. Da alle gleichmäßig freundlich sind, lässt jeder
seinem Nachbarn den Vortritt. Das führt dazu, dass immer Derjenige als Erstes losfahren kann, der am Ende der Straße wohnt.
Jeder weiß das mittlerweile. Dennoch bleibt der Ablauf Tag für
Tag gleich, ein sich immer wiederholendes, perfekt eingeübtes
Schauspiel.

Abends geschieht das Gleiche nur andersherum. Auch die Arbeits-
zeiten der Siedlungsbewohner sind identisch. Sie steigen simultan
aus ihren Fahrzeugen, grüßen sich und gehen ins Haus, werden
von ihren zwei Kindern umarmt. Ihre Frauen werfen ihnen la-
chend einen Kuss zu, während sie den Abendbrottisch decken.

Die Männer stellen ihre Arbeitstaschen an die Garderobe, hängen
die Jacke an den Haken, ziehen sich die Hausschuhe an, waschen
sich die Hände und setzen sich an den gedeckten Tisch.

Die Kinder lächeln. Es wird gegessen, ein wenig über den Tag ge-
plaudert. Anschließend bringen die Männer die Kinder ins Bett.
Die Frauen räumen den Tisch ab und reinigen die Küche. Danach trifft sich das Ehepaar im Wohnzimmer vor dem Fernseher.
Sie schauen sich eine durchschnittliche Quizsendung an und gehen dann gemeinsam um 22 Uhr ins Bett. An bestimmten Tagen

schläft das Paar miteinander, an anderen Tagen wird ein Buch oder die Tageszeitung gelesen.

Am Wochenende begegnen sich die Siedlungsbewohner im Park beim Picknick, spielen mit den Kindern und reden über belangloses Zeug. Am Montag dreht sich der Arbeitskreisel wieder von vorn.

Die Zeit läuft so dahin, stetig, wie ein windloser Landregen, dessen Regenbänder gerade vom Himmel herunterhängen. Minuten, Stunden, Tage, Wochen, Monate und Jahre zerfließen ineinander. Sie läuft einfach weiter, die Zeit. Keiner hält sie auf, keiner will sie aufhalten, keiner stört sich daran, dass sie einfach davonläuft in ihrer egoistischen Art und Weise. Es ist wie der ewige Strom in einem Fluss. Eine scheinbar nie enden wollende Abfolge von Gleichförmigkeit. Keiner hinterfragt, alle schwimmen mit.

SCHMETTERLINGSEFFEKT

Es ist der 29.2. Ein normaler Morgen. Und doch wird heute alles anders. Das Ereignis wird nicht einmal zwei Zentimeter lang sein. Mehr bedarf es nicht für einen grundlegenden Einschnitt im Leben.

Das Geschehen wirkt wie der Schmetterling, der durch seinen Flügelschlag am anderen Ende der Welt ein wenig Luft in Bewegung setzt. Dieser kleine Luftwirbel trifft auf einen anderen Wirbel, verbindet sich mit ihm und verstärkt ihn. Andere Wirbel nehme ihn auf. Ein Orkan entsteht, der Häuser zerstört, die Stromversorgung unterbricht, Straßen unpassierbar werden lässt, Schiffe versenkt, jahrhundertalte Bäume abknickt wie Streichhölzer, Menschen und Tiere tötet, Familien auseinanderreißt, Kinder zu Waisen macht. Und alles nur deshalb, weil irgendwo ein kleiner, farbenfroher Schmetterling in einem bestimmten Augenblick mit den Flügeln freudig schlug, weil er eine schöne Blume gesehen hat. Er ist sich keiner Schuld bewusst. Dennoch hat seine kleine Bewegung diese Auswirkungen hinterlassen. So wird es auch diese kleine Ecke am Türrahmen im Haus von Fox sein. Sie konnte nichts dafür, sie war nur da.

Das Ereignis

„Kinder, aufstehen. Die Schule wartet auf euch,"

ruft Sunday durchs Haus, während sie auf dem Weg in die Küche an den Kinderzimmern vorbeiläuft. Gleich wird sie beginnen, das Frühstück vorzubereiten.

Fox kriecht kurz nach ihr aus seinem Bett. Er ist morgens immer sehr verschlafen und versteht seine Frau nicht. Wie kann sie immer mit so viel Energie und so gut gelaunt aufstehen.

"Boar ey, Sunday, nicht so laut! Kannst du nicht auch mal morgens schlechte Laune haben und dann leise durchs Haus gehen?"

grummelt er vor sich hin und fährt sich mit seiner linken Hand durch die zerzausten Haare.
Sunday lacht laut, als sie die Worte von Fox hört.

„*Mein Morgenmuffel.*"

Er tappt langsam und wackelig in das Badezimmer, um sich den Schlaf vom Körper zu waschen. Zähne putzen, Duschen und Ankleiden sind übliche und tägliche Rituale. Es ist ihm sehr wichtig, sauber und adrett am Arbeitsplatz zu erscheinen, obwohl dies bei seinem Bürojob ohne Kundenkontakt völlig überflüssig ist. Er sieht lediglich im Laufe des Tages die Kollegen, die mit einer Kaffeetasse bewaffnet ihre Arbeitsplätze entern. Die Kunden, die von draußen in das Geschäft strömen, Fragen stellen, lästig sind und Dinge kaufen, kennt er nicht. Er spricht nie mit ihnen.
Nach ihm wollen seine Mädchen ins Bad. Nachdem er seine morgendlichen Waschungen beendet hat und das Badezimmer verlassen will, unterläuft ihm eine winzige Unachtsamkeit. Er ist durch die Müdigkeit noch nicht wach und schwankt beim Gehen leicht. Durch das Schaukeln nimmt er die Kurve aus dem Badezimmer heraus in den Flur ein wenig zu eng und tritt mit voller Wucht den kleinen Zeh des linken Fußes gegen die untere Türkante. Augenblicklich signalisiert sein Fuß eine Beschädigung an das Gehirn. Das Gehirn wandelt die Information zu einem Schmerz um. Es will den gesamten Körper warnen. Die Unfallstelle am Fuß ist nicht unerheblich: Schließlich dient der kleine Zeh dem Gehenden zum Halten der Balance. Darum bläst ein ganzer Fanfarenzug von Trompeten in seinem Kopf den Schmerzangriff. Seine Augen schalten auf ein weißes Testbild um und ein brüllender Schrei entkommt seinen Lungenflügeln.
Dann schaltet sich das weiße Bild ab. Sein Kreislauf, noch nicht durch ausreichend Kaffee auf Touren gebracht, legt eine Ver-

schnaufpause ein, das weiße Bild wechselt auf schwarz.
Wie in Zeitlupe schwankt Fox hin und her, um dann mit einem
unüberhörbaren Stöhnen in sich zusammen zu sacken
Alarmiert durch den Lärm eilt seine Familie herbei und findet
Fox vor dem Badezimmer auf dem Boden liegen, wo er sich jam-
mernd den Fuß reibt.

„Ooooh, uuuh, er ist gebrochen".

Die Familie betrachtet interessiert erst den Fuß, dann die Tür.
Dann scheinen alle zu verstehen, was passiert ist. Die Kinder beginnen zu lachen und seine Frau stellt ihm wortlos Pantoffeln hin.

„Zieh dir mal Pantoffeln an, ist besser so."

Dann dreht sie sich um, geht zurück in die Küche und widmet
sich wieder ihren morgendlichen Aufgaben. Die Kinder laufen
kichernd zurück in ihre Zimmer.
Nur Fox kehrt nicht in seine Morgenroutine zurück. Er sitzt allein
auf dem Boden und reibt sich seinen pochenden Zeh, welcher
sich langsam blau verfärbt. Neben dem Gefühl des Schmerzes,
breitet sich ein weiteres aus, das er in dieser Form nicht kennt:
Wut. Vielleicht ist es auch Zorn oder sogar Hass. Irgendein Schal-
ter hat sich in ihm umgelegt. Diese Art von Sicherung, wenn sich
Dinge ändern, wenn man das Gefühl hat, die Kontrolle zu verlieren. Im Körper steigt Unruhe auf. Sie befällt einen, packt einen im
Nacken. Der Körper beginnt zu zittern: erst der Rumpf, dann die
Arme und Beine. Man spürt, wie das Herz immer stärker pocht,
bis der Hals sich anfühlt, als würde er platzen. Der Druck im Kopf
steigt. Auf der Stirn bilden sich Schweißperlen, die Adern treten
hervor. Die Hände werden feucht. Man kann Bewegungen nicht
mehr kontrollieren. Es ist wie ein Stromschlag, nur dass der Schlag
nicht enden will.

Fox steht langsam auf. Mit der einen Hand stützt er sich an der Wand ab. Für einige Sekunden lehnt er sich an ihr. Das Blut scheint sich in seinen Beinen versammelt zu haben. Der Kopf ist leer. Vor seinen geschlossenen Augen erscheinen Blitze. Als er die Lider schließlich wieder öffnet braucht er eine Weile, bis er den Blick wieder fokussieren kann. Dann humpelt er ins Schlafzimmer, um sich anzuziehen.

Er setzt sich aufs Bett. Der Schmerz in seinem Fuß nimmt all seine Aufmerksamkeit in Anspruch. Er treibt ihm Tränen in die Augen und spornt seine Wut zusätzlich an.

„Diese gottverdammte Kante. Ich hasse sie. Ich hasse dieses Haus. --- Scheiße, scheiße, scheiße."

Bricht es aus ihm heraus. Mit einer wütenden, ausholenden Bewegung stößt er das Buch und die Nachttischlampe von dem kleinen Schränkchen neben dem Bett. Die Birne der Lampe zersplittert und die Scherben verteilen sich auf dem Teppichboden. Er greift nach seinem Kopfkissen vom Bett und wirft es gegen das Bild an der Wand. Das fällt zu Boden, wo es ebenfalls zerbricht. Er reißt das Bettzeug vom Bett und wirft auch dieses durch das Zimmer. Dann die Matratze. Er sieht den Staub unter seinem Bett, was ihn nur weiter anstachelt.

Fox ist noch nicht fertig. Er greift mit beiden Händen nach dem Schränkchen neben dem Bett und schleudert es mit einem wütenden Schrei durch das Zimmer. Es zerschellt an der gegenüberliegenden Wand. Putz und Tapete rieseln auf den Boden.

Fox sieht sich um. Eine Trümmerlandschaft liegt vor ihm. Es widert ihn an. Er könnte kotzen.

Er ist so schrecklich wütend. Es ist eine Mischung, die alles Böse dieser Welt in sich vereinigt.

Zum ersten Mal in seinem Leben gibt er diesem Impuls nach. Er ist nicht kontrolliert, ist nicht ruhig. Er ist kein liebevoller, beherrschter Ehemann und Vater. Jetzt ist er der Fox, der sich nicht kontrollieren lassen will. Unbändig, wild, von allen Ketten befreit. Ein wildes, aggressives, bösartiges Tier. Dort steht er und schreit. Er kreischt heraus, was er fühlt, und kann nicht aufhören.

Erneut läuft seine Familie herbei, diesmal still, verängstigt, mit weit aufgerissenen Augen. Sie legen die Hände über die Ohren. Keiner wagt es, einen Ton zu sagen. Kein bissiger Spruch ist zu hören. Gespenstische Stille breitet sich aus. Sie mischt sich mit Verwirrung und Angst vor dieser Kraft, die den Raum geflutet hat. Sie scheint ihn zu sprengen. Als ob sich die Wände des Raumes nach außen wölben. Der Druck wird größer und größer, wie in einem Vulkan dessen Ausbruch kurz bevorsteht, die Flanken blähen sich auf. Der Druck im Inneren nimmt zu. Die Eruption steht bevor.

„Jetzt nichts sagen!"

zischt Sunday ihren Töchtern zu.

„Papa hat die Beherrschung verloren".

Vorsichtig gehen Sunday und die beiden Mädchen aus dem Schlafzimmer.
Kurze Zeit später sitzt Sunday allein am Frühstückstisch. Fox packt im Flur seine Sachen und verlässt grußlos das Haus. Sunday geht leise hinter ihm zur Tür und lehnt sich an den Türrahmen. Sie beobachtet ihren Mann und im Bauch spürt sie etwas. Es ist eine alte, verloren geglaubte Empfindung. Weder Angst noch Wut, sondern Stolz. Sie genießt es, einen Partner zu haben, der männlich und stark ist. Nach so vielen Jahren der Monotonie und Eintönigkeit wirkt er durch dieses neue Verhalten anziehend auf sie. Sie steht an der Tür und spürt ein leichtes Zittern in ihrer Hüfte.

Sunday denkt:

„Woher kommt diese Monotonie?"

Fox verlässt jeden Morgen das Haus, geht seiner Arbeit nach und kommt abends müde nach Hause. Sie steuert die Familie zu Hause. Sie stellt die Regeln auf, führt ihre Töchter, erzieht sie, läuft mit ihnen tagsüber durch die Welt. Er ist schon ein guter Vater, das Gegenteil entspricht nicht der Wahrheit. Aber er hat leider viel zu wenig Zeit. Sie dagegen ist nicht nur für die Kinder da, sondern auch für das gesamte Rahmenprogramm. Treffen sie sich mit Freunden auf ein Glas Wein, dann hat sie den Termin organisiert. Trifft man sich am Wochenende zum Grillen, hat sie mit einer Freundin, diesen Termin vereinbart. Die Männer kennen sich, grillen das Fleisch und tauschen sich aus, aber die Bindung findet zwischen den Frauen statt. Mehr oder weniger alle Sozialkontakte kommen auf ihre Initiative hin zustande. Heißt es, dass Besuch zu Fox und Sunday kommt, dann wurden sie von Sunday eingeladen und man geht zu Sunday und ihrem Mann.
Schultermine und Elternsprechtage, sind ihre Aufgabe. Dafür kann keiner etwas. Aber es führt dazu, dass Fox nur noch mitläuft. Er ist nicht mehr Teil des Geschehens. Er wird durch seine Arbeit von der Familie isoliert, wird Gast, Parallelläufer.
Unbewusst unterstützt Sunday diesen Weg. Sie nimmt die Zügel wie selbstverständlich in die Hand. Sie gibt den Weg vor. Sie bespricht sich nicht mehr mit Fox. Nicht aus Boshaftigkeit, sondern um ihn zu entlasten. Er ist so oft müde abends, dass sie ihn schützen will. Er soll sich erholen und sie will ihn nicht mit den scheinbaren Belanglosigkeiten des Alltags nerven. Aber damit grenzt sie ihn unbewusst immer weiter aus, und er ist immer häufiger zu müde, um nachzufragen.

Schon länger stellt er keine Fragen mehr. Ihr gemeinsamer Weg wird zu einem parallelen Weg. Man geht nebeneinanderher, nicht mehr miteinander.

GEDANKEN

*„Was ist mit mir? Brauche ich diese Art von Gewalt? Nein, wohl eher nicht.
Aber es ist gut zu wissen, dass in diesem Mann, der seine Zeit am Schreibtisch verbringt, auch ein Mann ist, der aus Schweiß, Muskeln und Aggression
besteht. Ein Mann, der für mich kämpfen würde, der seinen Körper dazu
einsetzen würde, mich zu schützen,"*

denkt Sunday als Fox fort ist.

Jahrelang hatten Gefühle keinen Platz mehr. Vielleicht kosten sie
zu viel Kraft. Vielleicht hat sie auch Angst, sich darauf einzulassen.
Sie will die schlechten Gefühle vermeiden und verhindert damit
auch die Glücksgefühle. Verletzungen werden reduziert. Man nähert sich einem emotionslosen Nullpunkt an. Alles ist seicht geworden. Es läuft ja, auch wenn die Höhen und die Tiefen fehlen.

*„Wir leben, wie in einem Mikado. Bloß nicht bewegen, nichts tun, was Un-
ruhe verbreitet. Wie eine Lähmung, ein komatöser Zustand. Es bewegt sich
nichts. Wir machen keine Fehler. Aber genau das ist der Fehler. Und wo
stehen wir heute? Leben wir Menschen nicht von Veränderungen? Ist das
nicht der Motor von allem? Brauchen wir nicht die Abwechslung, um immer
wieder neue Energie in unsere Beziehungen zu pumpen? Wann haben wir
Angst davor bekommen? Wann ist unsere Liebe eingeschlafen?"*

Mit einem müden Lächeln geht sie wieder ins Haus, zurück zu
den Kindern, die am Frühstückstisch sitzen und still vor sich hin
kauen. Eine winzige Hoffnung breitet sich aus, dass es wieder ein
Hoch geben kann, auch wenn dieses von einem Tief verfolgt wird.
Die Bereitschaft für dieses Risiko will sie eingehen und sie muss
leise in sich hineinlächeln.

*„Bin ich böse? Irgendwie freue ich mich darüber, dass Fox heute gegen den
Türrahmen getreten hat."*

Sie frühstückt mit ihren Kindern, verabschiedet sie zur Schule und widmet sich dann wie an jedem Morgen der Küche, wäscht ab, verstaut die Frühstücksutensilien im Kühlschrank, bevor sie dann ins Schlafzimmer geht, um die Betten aufzuschütteln.
Im Türrahmen bleibt sie stehen und betrachtet das Chaos, die Scherben auf dem Boden, das heruntergefallene Bild, das zerstörte Nachttischchen. Es macht ihr Angst, es zu sehen. Das ist nicht der Fox, den sie kennt.

Auch für Fox ist dies ein anderer Morgen. Er befindet sich im üblichen langweiligen Ritual der Siedlung. Alle Nachbarn fahren zur Arbeit.
Er hat den Nachbarn von der anderen Straßenseite gegrüßt. Dieser hat ihm gewunken, um ihm den Vortritt zu lassen. Alles erscheint ihm irreal, blödsinnig, affig. Er fährt rechts in eine kleine Parkbucht, wartet bis der Verkehr an ihm vorbeigeflossen ist. Die Nachbarn sehen ihn erstaunt an. Und Fox steigt aus seinem Wagen.

„Wie langweilig das doch alles ist. Was tue ich hier? Warum habe ich das alles nicht bemerkt?"

Er fühlt sich einsam. Er versteht nicht, was das alles zu bedeuten hat. An diesem Morgen ist in ihm etwas zerbrochen. Er fühlt sich unsicher. Als ob der Boden unter ihm schwankte. Dieses Schwanken kennt er nicht. Etwas hat sich verändert.

„Habe ich Angst? Sorge ich mich um unsere Existenz? Nein, das ist es nicht."

Aber dieser ewige Gleichtritt ist weg. Es werden unsichere Zeiten kommen. Er spürt es. Zeiten, die jedes Mal eine neue Einstellung erfordern. Die Tage werden sich nicht ähneln. Er weiß nicht, was sein wird was noch passieren wird. Das macht ihm Angst.

Aber ein unsichtbares Band entsteht zwischen den Eheleuten. Beide halten inne. Sie ahnen es nicht. Angst breitet sich zwischen ihnen aus. Beide spüren die Unsicherheit des anderen, auch wenn dieser nicht da ist. Es ist das besondere Band zweier Menschen, man kann es nicht greifen, nicht sehen und doch ist es da. Es ist mehr als das Netz zwischen allem. Das Netz verbindet die Oberflächen der Menschen miteinander, das Band geht in den Menschen hinein. Es ist mit dem Herzen verbunden.

Fox steigt wieder in sein Auto und fährt zur Arbeit. Auch das ist anders. Seine Siedlungsmitbewohner fahren nicht mehr vor oder hinter ihm. Sie sind schon ein paar Minuten fort. Es ist, als würde er die Straße zum ersten Mal entlangfahren. Die Leere auf der Straße ist verbunden mit einer eigentümlichen Stille in ihm. Die Ruhe öffnet in ihm einen Raum, der ihm leer vorkommt. Er erinnert sich an eine griechische Amphore. Ein riesiges, leeres Gefäß, das zu füllen ist. Fox ist nur eine Hülle für die Leere: Haut, Haare, Zähne, Kleidung. Alles, was äußerlich sichtbar ist, was andere sehen können, ist nur Hülle. Im Inneren dagegen hallt es, gähnende, schwarze, schwere Leere. Totenstille.

Auf dem Grunde der Amphore liegt noch etwas Staub aus vergangenen Zeiten, letzte Überbleibsel von einem Inhalt, der schon längst verweht ist. Nichts ist geblieben von dem, was war. Er hat es irgendwann und irgendwo verloren und seine Amphore nicht neu befüllt. Der Inhalt ist entwichen und übrig bleibt ein wenig Bodensatz, klebrig, verkrustet, nicht definierbar, schmierig mit Staub bedeckt.

„Wir sind Marionetten, meine Nachbarn und ich. Vielleicht ist das alles nur ein Film, alles ist auf einer Lüge aufgebaut und ich habe es bisher nicht gemerkt. Vielleicht muss ich nur genau hinsehen und ich sehe pixelige Fehler. Alles ist nur eine Computeranimation, ein Skript und ich bin ein Teil davon.“

Fox klatscht sich mit der flachen Hand ins Gesicht, um sich zu wecken. Ihm wird bewusst, dass dies seine Realität ist: Sein Leben, seine Vergangenheit, seine Zukunft. Sie ekelt ihn an. Er ist nicht in einem Film oder in einem Traum, das hier ist echt.

FIRMA

Mit verwirrenden Gedanken fährt Fox auf den Parkplatz seiner Arbeitsstätte. Die nächsten acht Stunden seines Lebens wird er in einem Büro verbringen, in einem Büro, das er nicht mag.

Hannes, sein Chef, ist ein großgewachsener Mann. Die Jahre sind nicht spurlos an ihm vorbeigegangen, sie haben ihm einen Großteil seiner Haare genommen. Die Kopfhaut ist nicht mehr völlig bedecken. Aber er ist noch immer kräftig und hat ein breites Kreuz. Ein Kerl, wie er im Buche steht. Witzig und humorvoll für diejenigen, die ihn verehren, kalt, herablassend und gelangweilt zu denen, die Fragen stellen und unnahbar für seine Mitarbeiter. Seine Wutanfälle sind legendär. Immer wieder tobt er, schreit herum. Niemand kann es ihm dann recht machen. Wird er wütend, hatte er den Gesichtsausdruck eines Kriegers, der nur ein Ziel kennt: Seine Gegner zu töten. Das Sterben muss grausam verlaufen. Ein schneller Tod ist nicht akzeptabel. Zuckerbrot und Peitsche sind für ihn die Strategien, Menschen an sich zu binden. Menschen werden von seinem Witz, seiner Freundlichkeit abhängig. Ohne ihn, ohne seinen Witz und seine Kraft werden sie scheitern.

Blickt man aber hinter die Maske, dann ist Hannes der Chef ein unsicherer Mensch. Er selbst hat Angst davor zu scheitern. Seine Firma hat er vor vielen Jahren mit den eigenen Händen aufgebaut. Seine Ideen waren gut, sein Geschäftsmodell hatte schnell Erfolg. Er stieg in der Stadt als Unternehmer auf. Noch immer wird er geachtet und geschätzt. Man bietet ihm bedeutende Positionen an. Sein Wort hat Bedeutung. Er hat es geschafft. Er ist an seinem Gipfel. Diesen Platz will er nicht mehr hergeben.
Aber der Erfolg hat einen Schatten: Seine Ehe scheiterte. Seine Frau verließ ihn. Sie nahm die beiden gemeinsamen Kinder mit und zog in eine andere Stadt. Dort lernte sie einen blasseren Mann

kennen. Er achtet sie. Er hat nicht das Charisma von Hannes, aber er ist da, wenn sie ihn braucht.

Hannes sah die Sehnsucht seiner Frau nicht. Seinen Blick hatte er nur auf die Firma gerichtet. Er wollte Wohlstand, um seine Familie zu versorgen. Als der Wohlstand in sein Haus einzog, zog diese aus. Er hat kein Ziel mehr. In seiner Seele klafft ein Loch, das immer größer wird.

Krampfhaft versucht er, diese Lücke zu füllen. Mädchen kommen und gehen. Er gibt Partys. Er besucht Partys. Er trinkt zu viel und zu oft. Seine Mädchen fahren ihn nach Hause. Sie bleiben über Nacht, wischen das Erbrochene auf und gehen am nächsten Morgen.

Sie sind enttäuscht, sowie Karin. Sie hatte Hannes, wie ihre Vorgängerinnen, auf einer Party kennengelernt. Natürlich eilte Hannes der Ruf voraus, dass er die Mädchen benutzte, dennoch hatte er etwas Anziehendes an sich. Er strahlte nach Außen Stärke aus. Das war es, was Karin suchte. Sie selbst war schüchtern, wusste sich nicht in der Welt zu bewegen, um einen eigenen Weg zu finden. Also suchte sie einen Partner, der ihr helfen konnte, diesen Weg zu finden. Hannes schien dieser Mann zu sein, den sie brauchte. Sie kannte ihn nicht wirklich, denn seine Fassade war nur das Schaufenster. Hinter diesem Schaufenster lag die Baustelle. Ein leerer Raum. Sie hatten gefeiert, miteinander geschlafen und lagen noch nackt im Bett, als Karin aufwachte. Hannes schläft und schnarcht. Die Wohnung war unordentlich, im Flur lag noch sein Erbrochenes. Er kannte nicht einmal ihren Namen, als er Stunden später aufwachte. Karin war nüchtern genug, um sich ein erstes Bild von Hannes zu machen und ging.

Von Tag zu Tag wird Hannes einsamer. Er leidet darunter. Und doch gelingt es ihm nicht, sein selbst erschaffenes System zu verlassen. Er ist angesehen, umworben. Noch kreisen die Menschen wie Fliegen um ihn, und doch ist er allein.

Fox ist das Gegenteil von Hannes. Er ist im Betrieb unscheinbar. Wie eine graue Maus sitzt er an irgendeinem Schreibtisch. Kaum einer interessiert sich für ihn. Sein Dasein rechtfertigt er dadurch, dass er seinen Job ordentlich und unauffällig erledigt. Er erwirtschaftet mehr, als er kostet. Also darf er bleiben.

Fox hat Angst vor Hannes. Er fühlt sich wie ein kleiner Krieger, der in die tägliche Schlacht geschickt wird. Der Heerführer kennt ihn nicht. Er ist Teil der fleischlichen Kampfmasse. Er hat den Ideen des Ganzen zu folgen, den Ideen des Führers. Siegt er im Kampf, lebt er. Verliert er, endet sein Weg. Sein Schicksal war vom ersten Moment an bestimmt. Er ist Teil des Heers. Die Spanne seines Lebens wird sich danach bemessen, wie erfolgreich er kämpft und wie gut die Strategie seines Chefs ist.

Fox hat einen einzigen Vorteil: Er muss nicht selbst für sein tägliches Brot sorgen. Er dient. Er wird versorgt. So lautet der Deal. Darum versucht Fox nicht aufzufallen.

Der morgendliche Gang ins Büro gleicht einem Gang auf ein Schlachtfeld. Fox weiß nie, ob er am Abend noch leben wird. Hat er abends noch seine Anstellung oder wird ihm im Laufe des Tages gekündigt? Wie wird er dann seine Familie ernähren? Können sie den aktuellen Lebensstandard dann noch halten? Was wird aus der Ausbildung der Kinder? Was wird aus ihm als Familienoberhaupt, der dann nicht mehr seiner Aufgabe nachkommen kann?

WOCHENENDE

Am Freitag um 14.00 Uhr fährt Fox seinen Rechner in der Firma herunter, räumt seinen Schreibtisch gewohnheitsgemäß auf, ordnet und stapelt die Akten, Zettel und Stifte fein säuberlich. Eine ganz normale Arbeitswoche liegt hinter ihm.
Mit der rechten Hand wischt er Krümel, Hautschuppen und Haare vom Tisch. Dann greift er nach seiner Aktentasche. Sie enthält niemals Akten, sondern nur seine Thermoskanne mit Kaffee und seine Kunststoffdose mit dem Mittagsbrot, die heute allerdings leer war. Er klappt sie zu, steht auf, schaut in jeden Bereich des kargen Zimmers, schiebt den Stuhl nahe an den Tisch heran und verlässt ohne einen Blick zurück den Raum. Er hat überlebt. Wieder einen Tag, wieder eine Woche. Er ist nicht entlassen worden, wurde nicht für Sonderaufgaben ausgewählt und ist insgesamt nicht aufgefallen. Weder positiv noch negativ.

Zielstrebig läuft er den Flur entlang. Dabei versucht er so gut es geht den verletzten Zeh zu schonen. Der Feierabend und damit die firmeninterne Wochenendabwanderung hat bereits begonnen. Kollegen kommen ihm entgegen, grüßen und fliegen vorbei. Ein Strom von Menschen, wie auf der Flucht vom Schlachtfeld. Sie gehen den freien Tagen entgegen, wollen zu ihren Familien. Sie alle haben überlebt. Sie alle interessieren sich für die Zeit, die vor ihnen liegt. Dass Fox einen Fuß leicht nachzieht, bemerkt keiner. Die Gefeuerten, wenn es sie diese Woche gibt, sind schon weg. Verlierer will niemand sehen. Sie sind nicht gut für die Moral der Truppe. Kurz vor dem Ausgang schiebt er seine Mitarbeiterkarte zum Abstempeln in das vorgesehene Lesegerät links an der Tür, damit er der Firma seine Anwesenheitsstunden nachweisen kann, stößt die Türe auf und geht hinaus auf den Parkplatz, auf dem sein Auto auf ihn gewartet hat.
Auf dem Weg über den Platz atmet Fox zum ersten Mal an diesem Tag bewusst ein. Frische, feuchte Regenluft durchflutet seine

Lungenflügel und nimmt den Staub seines Büros auf. Er atmet ihn aus. Es fühlt sich wie eine Reinigung an, wie eine Befreiung. Für einen Moment meint Fox, vor seinem Gesicht eine Staubwolke zu sehen. Der Bürostaub der Woche verliert sich in der Weite.

Fox fährt nicht wie sonst direkt nach Hause. An der dritten Kreuzung biegt er links ab und hält vor einem kleinen Café. Seinen Parkplatz wählt er im Schatten eines LKW. Er möchte nicht gesehen werden. Er will nicht, dass ein Nachbar ihn hier erkennt. Er hat keine Lust auf Fragen.

„Dieses Gerede, warum ich allein einen Kaffee trinken gehe. Die Spekulationen, die sich dann unweigerlich anschließen. Die Fragen, ob ich eine andere habe, ob meine Ehe gescheitert sei. Darauf habe ich keine Lust. Und außerdem was soll Sunday denken? Sie würde sich nur unnötig Sorgen machen."

Es regnet. Immer mehr Tropfen fallen zur Erde. Fox möchte so schnell wie möglich zum Eingang des Cafés kommen. Er steigt aus dem Wagen, zieht sich seine kapuzenlose Jacke über den Kopf und rennt leicht hinkend zum Eingang. Dort angekommen reißt er die Türe mit einem Ruck auf und springt ins Trockene. Dann lässt er seine Jacke auf seine schmalen Schultern herunterrutschen und sucht nach einem freien Platz.

Im Café stehen sechs Tische. Sie sind wie Schultische hintereinander angeordnet. Zwei Gäste sind bereits da: ein Lastwagenfahrer und eine ältere Dame. Die Dame ist altersendsprechend gekleidet. Sie trägt eine beigebraune Jacke und einem etwas mehr als knielangen grauen Rock. Sie verhält sich, als wäre sie zu Hause. Fox spürt: Sie ist hier Stammgast.

An einem anderen Tisch sitzt ein Mann. Fox vermutet, dass dies der Truckerfahrer ist. Warum sollte sonst ein LKW vor dem Café stehen?

Hinter einer Blumenwand im hinteren Teil des Raumes entdeckt Fox einen freien Tisch. Dort kann er unentdeckt sitzen.

Eine junge Bedienung kommt zu seinem Tisch und fragt ihn nach seinen Wünschen. Nachdenklich schaut Fox in den Regen.

„Einen Milchkaffee und einen Erdbeerkuchen mit reichlich Sahne, bitte.“

Die Frau bedankt sich, macht auf dem Absatz zackig kehrt und geht zur Kuchentheke zurück. Fox schaut ihr nach.

„Einen schönen, wiegenden Hintern hat sie. Eine schmale Taille und gerade, schmale Beine.“

Er lächelt kurz. Dann wendet er seinen Blick von ihr ab und schaut wieder gedankenverloren in den Regen. Hier im warmen, trockenen Innenraum fühlt er sich wohl. Nach dem verkorksten Morgen und der langweiligen Arbeit ist es eine schöne Abwechslung.
In der Ruhe spürt er seinen verletzten Zeh wieder deutlicher. Natürlich hat ihn darauf keiner angesprochen. Warum auch. Für ihn interessiert sich niemand.

„Besser so. Nicht auffallen, Job machen, Kohle nach Hause schaffen, Familie versorgen, fertig.“

Die Regentropfen draußen klatschen auf die Fensterscheibe und fließen in kleinen Rinnsalen an ihr herunter. Zwischendurch vereinigen sich manche, werden dadurch schwerer und schneller. Sie überholen die einsamen Singletropfen und treffen an der unteren Fensterkante auf weitere Tropfen, vereinigen sich auch mit diesen, werden mehr, fließen irgendwann über die Fensterkante hinab auf die Straße. Sie werden eins mit den anderen Tropfen des Regens, die Pfützen bilden. Als ob die Tropfen, die sich zusammenschließen, ein Ziel haben. Die Singletropfen sind einsam, während die Tropfen, die sich verbinden, etwas Größeres schaffen, eine Pfütze vielleicht, einen See, ein Meer sogar. Sie sind Schöpfer einer anderen Realität, die Tiefe hat und Grundlage für etwas Anderes wird, eine Welt für Lebewesen, die sich auch wieder verbinden und etwas Neues schaffen. Die Menschen hasten vorbei, versteckt unter Schirmen, eingehüllt in Mäntel. Sie kämpfen gegen Wassertropfen und Wind. Kommen sie in die Nähe der Pfützen, weichen sie ihnen aus, als befürchteten sie im Wasser zu versinken. In einer der Pfützen treibt eine leere, verbeulte Coladose. Sie wird von den Regentropfen mal in die eine, mal in die andere Richtung geschleudert. Als ob ein gigantischer Ozeandampfer auf einem Meer im Sturm triebe.

Fox entspannt sich. Er lehnt sich an die Rückwand seiner Sitzbank. Die Menschen draußen beruhigen ihn. Er ist kein Teil von ihnen. Er kann über sie lächeln und ist froh, für einen Moment den monotonen Kreislauf verlassen zu haben. Er ist Zuschauer und kein Regentropfenausweichler. Er steht nicht unter Tropfenbeschuss, muss nicht aufpassen in einem See zu ertrinken.

Und der Regen inspiriert ihn. Er beginnt zu grübeln, denkt an vergangene Zeiten.

„Sie sind wie ich, diese einsamen Tropfen. Sie fallen lange, bis sie auf die Glasscheibe treffen und ihre Einsamkeit aufgeben, um sich mit anderen Tropfen zu vereinigen. Lange bin ich allein durch mein Leben gelaufen, bis ich Sunday kennengelernt habe. In dem Augenblick als ich meinen eingetretenen Pfad verlassen habe, erst als ich es wagte einen neuen Weg zu gehen, habe ich Sunday getroffen. Wir haben uns zusammengeschlossen, wir gründeten eine Familie, aus der mehr hervorging, als wir beide eingebracht haben. Unsere Familie ist gewachsen und vielleicht werden unsere Kinder sich auch irgendwann mit anderen Menschen vereinigen und weiterwachsen. Natürlich ist das kein besonderer Vorgang, auch wenn der Gedanke daran mich freut und Stolz macht, aber bisher mache ich das, was unzählige Menschen, Tiere und Pflanzen vor mir genauso getan haben. Was ist neu daran? Nichts! Ich verhalte mich nicht anders als eine Maus, eine Stubenfliege oder eine Kröte. Bisher habe ich nur dafür gesorgt, dass meine Art nicht ausstirbt, wobei ich auch darauf hätte verzichten können, denn auf mich kommt es nicht an. Wo

also sollte in meinem Leben der Unterschied sein? Wo bin ich einzigartig? Wo bin ich nicht der Regentropfen?"

Fox sitzt im Café und sinniert über sich und sein Leben. In der Zwischenzeit hat der LKW-Fahrer seine Pause beendet. Er zahlt, wechselt ein paar Worte mit der hübschen Kellnerin und verlässt das Lokal. Draußen rennt er durch den Regen zu seinem Lastwagen, klettert in die Fahrerkabine, nimmt hinter der Lenkradsäule Platz, startet den Motor und fährt davon. Zurück bleiben die Dame, Fox und die Kellnerin. Auch die Dame scheint nun ihre Mahlzeit zu beenden, denn sie kramt in ihrer großen Handtasche nach der Geldbörse, winkt die Bedienung zu sich heran, zahlt und verstaut ihr Restgeld im Portemonnaie und dieses in ihrer Handtasche. Sie steht von ihrem Platz auf, zieht sich ihren Regenmantel an, hängt die Tasche an ihren rechten Arm, bindet eine durchsichtige Plastikhaube um ihre Haare und geht zu Tür. Fox wartet darauf, dass sie noch einen Regenschirm aus dem Schirmständer zieht. Aber dort steht keiner.

Die Alte dreht sich noch einmal um, verabschiedet sich herzlich von der Kellnerin, zieht die Türe auf und geht hinaus in den Regen.

„Jetzt wird sie ein Teil der hastenden Menschen. Sie werden sie aufsaugen."

Eben stellt die Kellnerin den Kaffee vor ihm ab. Der Dampf steigt ihm in die Nase. Er nimmt einen Schluck. Mit der Gabel teilt er ein Stück von seinem Kuchen ab. Unverwandt blickt er aus dem Fenster, um diesen Moment nicht zu verpassen, in dem die Alte in der Menge verschwindet. Wie nebenher schiebt er den Kuchen in seinen Mund, eine fruchtige Köstlichkeit, die vergeblich seinem Gaumen schmeichelt. Er ist abgelenkt. Die alte Dame steht immer noch vor dem Café. Sie scheint nicht Teil der rennenden Masse werden zu wollen. Ganz im Gegenteil: Sie sieht zur Pfütze mit der schwimmenden Coladose.

Fox legt seine Kuchengabel auf den Teller und beobachtet sie interessiert. Er vergisst den Raum um sich herum, vergisst Kuchen und Kaffee und ist ganz bei ihr draußen an der Pfütze.

Die Alte geht langsam zur Wasserlache und bleibt stehen. Sie beugt ein wenig ihre Knie nach vorne und stößt sich plötzlich, schneller als Fox es von ihr erwartet hätte, vom Boden ab und springt mit beiden Füßen ins Wasser. Das Regenwasser spritzt in großen Fontänen nach rechts und links aus der Pfütze heraus und verteilt sich auf dem Parkplatz. Die Coladose tanzt wild auf der Wasseroberfläche.

Im Wasser bleibt sie stehen, betrachtet ihre Schuhe, auf der sich Wellen mit anderen Wellen vereinigen. Sie schaut zum Café zurück und lächelt. Im Café steht die junge Kellnerin am Fenster und beobachtet die alte Dame. Ein Schmunzeln umspielt ihren Lippen. Die junge Frau winkt der älteren zu und kehrt zum Tresen zurück. Sie scheint nicht überrascht zu sein.

Fox isst die zweite Hälfte seines Kuchens und trinkt seinen Kaffee.

„Jahrelang halte ich mich jetzt schon an Normen fest, richte mich im Betrieb danach, dokumentiere dort jeden meiner Arbeitsschritte und halte mich an Vorgaben, an ein „so war es immer". Das Gleiche zu Hause und bei meinen Nachbarn. Ich bin so eingefahren, dass ich mittlerweile Angst bekomme, wenn ich mal versuche, es anders zu machen. Sollte es etwas geben, was nicht der Norm entspricht, das unvernünftig ist und dennoch gut. Gibt es eine Welt außerhalb der Norm, die gut und sinnvoll ist? Aber welchen Sinn macht dann die Norm oder die Routine, wenn sie nicht der Wahrheit entspricht? Wo ist die Zielsetzung, wo ist der Sinn bei der Entwicklung einer Norm für alle? Und braucht es sie überhaupt? Haben die Menschen sich nicht genau deshalb auf Standards geeinigt, weil sie im Laufe der Zeit herausgefunden haben, dass dies die besten Lösungen sind? Haben sich die Menschen geirrt oder ist die Entscheidung für einen Weg nur eine Vereinbarung, die auch anders aussehen kann? Und wann hat man sich geeinigt und wer ist an dieser Entscheidung beteiligt? Was passiert mit Menschen, die sich weder an die Standards halten noch nach ihr leben, wollen oder können?"

„Bin ich jetzt durchgedreht, dass ich solche Gedanken für mich wälze? Ich bin ja wohl der Letzte, der die Veränderung liebt!"

Fox winkt die Kellnerin zu sich.

„Zahlen bitte!"

Er begleicht seine Rechnung und geht mit langsamen Schritten durch den nachlassenden Regen zu seinem Auto, vorbei an der Pfütze mit der Coladose. Diesmal versteckt er sich nicht unter seiner Jacke. Er spürt nicht, dass sich langsam die Sonne durch die Wolkendecke arbeitet. Am Auto angekommen überlegt er:

„Fahre ich jetzt nach Hause? Nein, ich will noch etwas nachdenken, zu Hause habe ich dafür nicht die Ruhe. Vielleicht fahre ich in den Stadtpark. Jetzt nach dem Regen ist dort alles nass, es werden nicht so viele Familien mit ihren Kindern dort sein. Dort suche ich mir eine ruhige Ecke. Sunday wird sich aber bestimmt Gedanken machen. Was soll ich ihr nachher sagen?"

Derweil denkt Sunday zu Hause ebenfalls nach. Der Vorfall von heute Morgen hat auch bei ihr Spuren hinterlassen.

„Viele Jahre bin ich nun schon mit Fox zusammen. Aus unserer anfänglichen Freundschaft hat sich Liebe entwickelt. Unsere Kinder wachsen heran, entwickeln sich und werden eigenständige Menschen, mit denen wir uns auf Augenhöhe unterhalten. Diskussionen und Reibereien werden mehr, da sie sich abnabeln und ihren eigenen Weg suchen. Das ist ein natürlicher, schmerzhafter, aber notwendiger Prozess. Es ist gut so."

Sunday bemerkt, dass sich ihr Fokus geändert hat. War es am Anfang ein wir von Fox und ihr, wurde daraus mit den Kindern ein uns.

„Es muss sich was ändern. Wenn die Kinder einmal das Haus verlassen, brauchen wir einen neuen Plan, ein neues Miteinander. Sie werden immer

selbständiger. Vielleicht tun wir uns als Eltern schwer, ihre Veränderung, auch als unsere Veränderung anzuerkennen?"

Sunday beobachtet aus der Ferne ihre Freundin Tiffany. Ihre Kinder sind nahezu erwachsen und der familiäre Umbruch steht unmittelbar bevor. Es läuft aber alles andere als rund und harmonisch, denn Tiffany's Mann, George, trinkt. Er ist unzufrieden. Woran es liegt, kann er nicht sagen. Es ist eine dumpfe Ahnung ohne ein konkretes Gefühl. Irgendwas wird sich bald verändern, er steuert unaufhaltsam darauf zu, kann es aber nicht greifen.

„Wie soll ich planen, wenn ich nicht mal weiß, wohin die Reise geht? Was soll ich in den Koffer packen, wenn das Ziel unbekannt ist? Werde ich dorthin laufen, fahren oder fliegen? Wird die Reise jetzt, in zwei Jahren oder in zwanzig Jahren beginnen? Werde ich am Ende der Reise noch etwas brauchen, reise ich allein oder mit meiner Frau? Werden noch andere mitreisen? Wie soll meine neue Aufgabe am Ziel aussehen? Habe ich dann eine?"

fragte er eines Abends in die Runde, als die vier Freunde beieinandersaßen und über Veränderungen sprachen.

Er verliert schrittweise die Kontrolle, die ihm so wichtig ist. Er als Mann will sie immer behalten und gerade entgleitet sie ihm, wie Wasser, das durch die Finger fließt. Er weiß, dass er sich bewegen muss und gleichzeitig hat er Angst davor. Um sich die Situation einfacher zu machen, beginnt er Alkohol zu trinken. Es gibt ihm kurzzeitig etwas von der Leichtigkeit zurück, die er vermisst, die er aber nüchtern nicht mehr findet. Er weiß nicht, wo er suchen soll.

Sunday erinnert sich an ein Gespräch mit ihrer Großmutter. Sie haben sich immer viel darüber unterhalten, wie eine Familie zu führen sei. Ihre Oma vertraute der jungen Frau ihr eigenes Rezept an:

„Deinem Opa habe ich drei Aufgaben für unser Leben mitgegeben. Bekenne dich, versorge und beschütze mich. Das sind meine Grundlagen für unser gemeinsames Leben. Im Einzelnen heißt das, dass Opa vollständig auf meiner Seite zu stehen hat, egal wieviel Blödsinn ich mache. Er muss sich also vollkommen zu mir bekennen. Einem anderen Rock hinterherzuschauen, ist dabei das Maximum an Untreue, was ich toleriere. Ich sage immer:

„Gucken ist erlaubt, gegessen wird zu Hause."

Und die Mahlzeiten, die ich deinem Großvater serviere, sind reichlich. Ich bin zwar sicherlich nicht die Knackigste, aber ich weiß, was ihm im Bett gefällt, und das habe ich ihm gegeben. Er hat mich in all den Jahrzehnten nie betrogen. Er hatte auch keinen Grund dazu. Seine zweite Aufgabe ist die Versorgung der Familie, nicht nur in finanzieller Hinsicht. Viele Frauen gehen heute arbeiten und tragen ihren finanziellen Teil zur Familie bei. Mir geht es darum, dass dein Großvater in der Lage ist diese Aufgabe allein zu erfüllen, damit ich zu Hause, alles andere, inklusive der Erziehung der Kinder leisten kann. Und seine dritte Aufgabe ist die des Beschützers. Er soll uns vor allen Unbilden, die von außen an unserer Familie zerren, bewahren. Diese Aufgaben hat er tadellos gemeistert."

Sunday sieht, dass es diese Faktoren in ihrem Zusammenleben mit Fox auch gibt. Tiffany und George haben sie verloren. Bei ihnen hat sich ein Faktor eingeschlichen, der an den drei Uraufgaben nagt und sie reduziert, so dass ihr Mann seinen Aufgaben nicht nachkommen kann. Durch das Nicht-Wahrnehmen seiner Aufgaben fehlt ihm etwas und er versucht diese Lücke zu füllen, mit seinem Sortiment in der Bar. Gleichzeitig verhindert der Alkohol, dass er die Aufgaben erkennt, denen er nachzugehen hat. Sein Suchtverhalten schiebt sich wie eine dunkle Wolke vor die Sonne von Tiffany und ihm und verdunkelt ihr Leben. Die ersten Regentropfen beginnen in ihr Leben zu fallen, die ersten Pfützen haben sich am Boden gebildet und sie hat Angst davor, dass sie in diesen Pfützen ertrinken werden. Nicht jedem ist es gegeben, dort einen festen Stand zu haben. Doch noch stehen Tiffany und

George und spannen einen gemeinsamen Regenschirm, der sie zwar nicht nass werden lässt, der aber nicht das Grundübel behebt. Nach außen hin ist es die zunehmende Freiheit, die sie gewinnen, weil ihre Kinder Erwachsene werden und sie deshalb mehr Zeit haben. Im Grunde genommen, gehen sie aber nur auf die Partys, um sich zu betäuben, um eine innere Leere zu füllen. Wobei Füllen bestimmt das falsche Wort ist, denn es ist kein Füllen auf Dauer. Der Gefühlskater steht am folgenden Morgen vor ihrer Türe und miaut kläglich. Sie sind nicht mehr in der Lage gemeinsam Zeit miteinander zu verbringen. Sie haben verlernt miteinander zu sprechen, verlernt ein Paar zu sein.

Sunday hat Angst, nicht nur um Tiffany und George, sondern auch um ihre eigene Ehe. Nicht das Fox trinkt, aber sie spürt diese wachsende Unsicherheit auch bei ihrem Mann.

„Fox ist in letzter Zeit nachdenklicher, schwerer zu erreichen und manchmal sehr in sich gekehrt, als ob er über etwas nachgrübelt aber selbst noch nicht weiß, was es ist. Soll ich nachfragen oder übe ich dadurch zu viel Druck aus? Ich kann ihn beobachten und schauen, ob es irgendwelche Anzeichen gibt. Nur wie sehen die aus? Hoffentlich nehme ich sie auch rechtzeitig wahr. Es wird der Moment kommen, wo ich ihn ansprechen werde. Von allein wird er nicht kommen, das hat er noch nie gemacht".

Irgendwas hat sich in ihrer Familie verändert, auch Fox spürt es, ohne es genau benennen zu können. Sein Verhältnis zu Sunday ist kühler geworden. Nicht das es schlecht ist, aber die Nähe, die einst geherrscht hat, war einem Alltag gewichen, in dem sie immer mehr nebeneinanderher leben. Es ist das Funktionieren, um Dinge zu regeln, Versorgung, Arbeit. Es ist nicht mehr Nähe, Blicke, kurze Berührungen, Lächeln, die das Leben bestimmen. Morgens steht man auf, betrachtet sich im Vorbeigehen, um dann zur Arbeit zu gehen. Es tut nicht mehr weh, zu gehen. Dieser leichte Schmerz, den anderen zurückzulassen, wenn auch nur für ein paar Stunden. Und abends fehlt die Vorfreude auf ein Heimkommen, den anderen zu sehen, sich einen warmen Kuss zu geben. Kurz innezuhalten, stehen zu bleiben, sich anzulächeln. Es geht nicht, um das Übereinander herfallen als Wiedersehensfreude, die schnelle bandscheibengefährdende Nummer auf dem Küchentisch, sondern um die kleinen Dinge am Rande, die Zärtlichkeiten eines Augenblickes, diese kurzen Momente, die das Leben ausmachen. All das fehlt immer mehr und eine kalte Leere, eine einsame Leere tritt ein. Sie hinterlässt einen unangenehmen, metallischen Geschmack im Mund, der den Hals verengt und das Atmen erschwert. Die Ruhe, der Frieden eines harmonischen Paares, ist einem aufgesetzten Sein gewichen. Es passt nicht mehr, dass was es einst war und das, was er heute fühlt. Ihm fehlen im Augenblick die Kraft und der wirkliche Wille, es wieder zu gewinnen, es wieder in ihre Beziehung zu gießen, um das Gefühl von damals zurückzuholen.

Fox sitzt in Gedanken versunken auf der Bank im Park. Die große Eiche hinter ihm, spendet ihm Schatten. Viel zu viel Schatten, der ihn frösteln lässt nach dem Regen. Er zieht sich seine Jacke an, die er neben sich auf die Bank gelegt hat. Nachdem er den Reißverschluss der Jacke geschlossen hat und sich seine Körperwärme wohltuend innerhalb der Jacke staut, beginnen seine Gedanken leichter zu kreisen. Er versucht es analytisch anzugehen, ist er doch ein Mann, er denkt lösungsorientiert.

„Wenn sich das Gefühl verkriecht, wo ist es dann, und warum ist es gegangen?"

„Sunday ist nicht meine erste Partnerin, wenn auch meine erste und hoffentlich auch meine letzte Ehefrau. Das Erfüllen von Bedürfnissen, so wie es momentan zwischen uns der Fall ist, kenne ich nur zu gut. Es begann schon sehr früh in meinem Leben, in der Schulzeit, wenn ich stundenlang einer Freundin zuhörte, während sie ihre Probleme wälzte, welche mich gar nicht betrafen. Ich hatte immer ein offenes Ohr und das hat sich gut angefühlt. Meine Aufgabe in der Gemeinschaft war definiert. Die Menge an Gesprä-

chen, welche ich führte, war mein Gradmesser für mein eigenes Selbstwert-gefühl und doch vergaß ich dabei mich und meine eigenen Bedürfnisse. Je mehr Gespräche mit Anderen ich führte, umso höher war mein Ansehen, dachte ich. Rückblickend habe ich aber nur den anderen und nicht mir einen Gefallen getan, denn wenn ich selbst etwas auf dem Herzen hatte, war da niemand. Jeder interessierte sich nur für sich selbst und keiner interessierte sich für mich. Ich war der emotionale Mülleimer der anderen. Ich sammelte all ihren Unrat, der mich mit der Zeit erdrückte. Viel zu spät habe ich bemerkt, wo der Fehler lag, nämlich in mir. Ich wollte Anerkennung um jeden Preis. Zu Hause gab es Liebe nur durch Leistung. Ich war ein schlechter Schüler und Sport kam nicht in Frage. Was blieb war meine Begabung des Zuhörens. Diese Begabung taugte jedoch für mein Elternhaus nicht, ich war kein Ge-sprächspartner, bei dem sich meine Eltern ausgesprochen hätten. Auch meine Schwester hatte kein Interesse daran, tiefere Gespräche mit mir zu führen. Meine Möglichkeiten wurden nicht gesehen, also gab es auch keine Liebe. Ich suchte eine Aufgabe bei meinen Mitschülern, wohl eher intuitiv. Dabei überging ich mein Gefühl, was mir immer wieder sagte, dass ich auch mal an mich denken sollte. Ich habe meiner inneren Stimme nie richtig zugehört. Ich habe sie geopfert, um zu einer vermeintlichen Gemeinschaft dazu zu gehören."

Nach der Schulzeit traf er eine Frau, die Alkoholikerin war. Sie warf sich ihm an den Hals, was er als Bestätigung und Liebe auf-fasste und er wurde zum Therapeuten der Frau. Seine neue Auf-gabe wurde ihm übergestülpt und er verwechselte Liebe mit der Erfüllung von Bedürfnissen, für die er ab sofort zuständig war. Da er bisher kaum körperliche Erfahrungen gemacht hatte, war ihr großer, unstillbarer Durst nach Sexualität für ihn die Bestä-tigung seiner Attraktivität. Natürlich ging er darauf ein, war die Geborgenheit in ihrem Schoss doch sein tiefster Wunsch. Dabei übersah er jedoch ihre Brutalität, und ihren Egoismus beim Sex. Es ging nur um sie, nicht um ein gemeinsames Erlebnis. Sie wollte nur ihre Gewalt ausleben. Er merkte nicht, dass er ihr Mittel zum Zweck war. Rauschende Abende mit gutem Essen und viel zu viel Alkohol feierte er als Leben, aber er war der, der ihr Glas füllte, der da war, um ihre Laune zu steigern, sie körperlich zu befriedigen. Es ging nicht um ein wir, sondern um ein du bist für mich da. Fox erinnerte sich an eine Situation, die ihn wachrüttelte. Es war ein Sonntagvormittag. Sie hatten eine Fahrradtour über die Felder gemacht und waren in einem Gasthof eingekehrt. Obwohl sie noch nichts gefrühstückt hatten, bestellten sie sich beide ein großes Bier. Das würde sicherlich reichen, um satt zu werden. Das Bier löschte den Durst und sie fuhren nach Hause, wo sie sofort mit ihm ins Bett wollte. Bis hier waren es Abläufe, die ihm bereits vertraut waren. Doch diesmal öffnete sie das Fenster, schob das Bett direkt davor, sodass sie mit ihrem Kopf nahe der Öffnung zu liegen kam. Sie fielen übereinander her und sie kreischte laut vor Ektase. Jeder in der Nachbarschaft sollte es hören können.

Danach änderte sich einiges in ihm und er begann sich innerlich zurückzuziehen. Schließlich beendete er die Beziehung, weil er keinen Alkohol und keinen Ceranoschinken mehr sehen konnte. Offiziell war er es satt, war den übermäßigen Konsum leid, weil es langweilig wurde. In Wirklichkeit hatte er keine Lust mehr auf gewalttätigen Sex, der ihn blutend und schmerzend zurücklies.

Monate später traf er auf eine Architektin. Auch diese warf sich ihm an den Hals und wieder glaubte er an die große Liebe. Ihre Geschichten von Vergewaltigung und Betrug glaubte er alle und gab, wie es seine Art war, ihr seine Hand, sein Konto und sein Haus, er wollte ihr helfen. Sie dankte seine Hilfe mit emotionslosem Sex und wieder glaubte er an seine Attraktivität, nahm er doch nicht wahr, dass sie ihn nur ihren Körper benutzen ließ, ohne etwas dabei zu empfinden. Ihr Körper war ihr Werkzeug, welches sie bewusst einsetzte, um ihn bei der Stange zu halten.

Sie zog in seine Nähe. Und weil er alles für sie tat, konnte sie sich fallen lassen, wurde zur Made im Speck und er zum Fütterer, der ihr alle Wünsche erfüllte. Sie entwickelte eine psychische Erkrankung woraufhin er alles tat, um ihr beizustehen, erledigte viele Dinge, auch wenn sie nicht seine Aufgabe waren. Im Gegenzug drohte sie mit Selbstmord, wann immer er Kritik übte. Irgendwann hatte sie den Großteil der gemeinsamen Wohnung für sich vereinnahmt und ihn vollkommen an den Rand gedrängt. Ihm blieb der einfache Holzstuhl abends vor dem Fernseher, während sie im Sessel lag und ihre Hunde rechts und links das Sofa belegten. Die ganze Zeit verwechselte er die Erfüllung ihrer Bedürfnisse mit Liebe. Sie wollte was von ihm und brauchte ihn, also musste er ja wichtig sein. Dabei war er nur der Erfüllungsgehilfe einer habgierigen Frau. Fox gab mehr als er hatte und verlor sich selbst immer mehr. Er konnte sich nicht mehr selbst nähren und suchte die Nahrung im Außen. Dabei ging es nicht um das Essen, es ging um seelische Nahrung, die er brauchte, die genauso wichtig war, wie das tägliche Brot zum Kauen, oder die Anerkennung im Beruf. Zeiten, in denen es ruhig war, das Telefon nicht klingelte, wurden zur Belastung, denn er interpretierte diese Zeiten als Attraktivitätsverlust seiner Person. Die scheinbare Liebe wurde ihm entzogen, er begann emotional zu hungern und freute sich über jedes Telefonat, was doch noch zu ihm durchdrang. Er begann Zugeständnisse zu machen, verbog sich, nur um die „Liebe" der anderen nicht zu verlieren. Dabei wäre es so einfach gewesen. Er hätte nur in sich hineinschauen müssen. Dort lag alles, was ihn nährte und was er brauchte, aber sehen konnte er es nicht. Diese innere Stimme gewann nun immer mehr Raum und wurde lauter. Er wachte auf, begann die Welt um ihn herum anders wahrzunehmen.

Irgendwann ging die Architektin. Fox hatte begonnen, Dinge wahrzunehmen, Dinge zu ändern, er hatte an einem Kurs zur Persönlichkeitsentwicklung teilgenommen hatte, dem ihm sein Chef verordnet hatte. Seine Lehrerin in diesem Kurs hatte von Eigenverantwortung gesprochen, von der Verantwortung, die jeder für sich trägt. Sie sprach von Beziehungen und wie diese funktionieren und dass diese eben nicht der Ort sind, wo die Bedürfnisbefriedigung an erster Stelle steht. Nur autarke Menschen führten gesunde Beziehungen, weil sie auch allein leben konnten. Er hatte ihr aufmerksam zugehört, es theoretisch verstanden, aber es nicht seinem Gefühl zeigen können. Seine Seele hatte es noch nicht verstanden, weil sie untrainiert war und er noch seine Türe zu ihr verschlossen hatte. Also ging er aus dem Kurs, zwar mit kleinen Änderungen in seinem Verhalten, in seiner Wahrnehmung, in seiner Gedankenwelt, aber ohne wirkliche Basis, um es in den Tag umzusetzen. Doch die Architektin nahm es wahr. Dafür war sie sensibel genug. Sie wurde unruhig, drohte nun häufiger mit Selbstmord, sagte dass sie doch eine Einheit seien, gab sich ihm häufiger hin. Und er dachte, der Kurs sei positiv für ihre Beziehung gewesen. Sie würden nun näher zusammenstehen, hätten zusätzliche Möglichkeiten und mehr Gemeinsamkeiten. Er begann sie mehr zu fordern, wollte sie aus ihrer Lethargie befreien, aus der sie nicht herauswollte. Er sah für sie eine positive Entwicklung, die er fördern wollte, nach all den Jahren. Sie aber wollte gar nicht. Warum auch, es ging ihr ja gut und er tat ja bisher alles für sie. Er meldete sie beide beim Sport an, zeigte ihr Möglichkeiten für Fortbildungskurse und sie nahm zum Schein an. Vorsichtig forderte er weiter und weiter, bis es schließlich eskalierte. Es kam zu einem heftigen Streit und wieder einmal drohte sie mit Selbstmord doch zum ersten Mal ging er nicht darauf ein. Sie musste feststellen, dass die fetten Jahre vorbei waren, das er nicht mehr alles für sie tun würde. Für sie gab es bei ihm nur noch eine Richtung und die war weg, raus aus der Komfortzone. Wollte sie bei ihm bleiben, so musste sie sich bewegen. Das war mehr, als sie wollte und so verließ sie ihn.

Fox stand fassungslos vor dem Scherbenhaufen und gab natürlich sich selbst die Schuld. Hätte er mehr auf sie eingehen müssen? Was war geschehen? Er hatte es nur gut gemeint und dabei die Situation völlig falsch verstanden. Einige Wochen später überlegte er, wie er in die bisherigen Beziehungen geraten war. Immer hatten die Frauen ihn ausgewählt und nicht er seine Partnerinnen. Er hatte Interesse an seiner Person als Helfer mit Liebe verwechselt, dabei hatte er wohl passende Signale ausgesendet, komm zu mir und ich tue alles für euch. Er zog also Frauen an, die bedürftig waren und er stillte ihre Bedürfnisse bedingungslos, selbstlos, kostenlos.

War die Erfüllung von Bedürfnissen nicht eine ungesunde Angelegenheit? Sind Bedürfnisse nur dann gesund zu erfüllen, wenn beide die gleiche Anzahl an Bedürfnissen haben, oder anders ausgedrückt, gibt es den Deal in der Beziehung? Erfüllst du meine Bedürfnisse, bekommst du was von mir?

In seinen Augen war bei ihm jetzt das Gefühl entstanden, das eine gesunde Beziehung nur dann möglich ist, wenn jeder seine Bedürfnisse selbst stillen kann. Eine gesunde Verbindung von zwei Menschen erfolgt also nur dann, wenn diese freiwillig zusammen waren, sich nicht brauchten, um Defizite zu erfüllen, sondern weil sie es genossen gemeinsame Zeit zu verbringen und gemeinsam etwas Neues entwickelten. Wenn dies nicht gegeben war, konnte man auch gleich allein leben oder viel Kraft investieren, um eine ungesunde Verbindung aufrecht zu erhalten, wobei dann natürlich auch wieder nur das Defizit bedient wurde, nämlich nicht allein bleiben zu können.

Fox fiel in eine tiefe Trauer. Er verstand nun, was er bisher immer falsch gemacht hatte, und eine schwere Müdigkeit erfasste ihn. Sein Körper reagierte auf die ständige Missachtung seiner Gefühle. Er war ausgelaugt. Sein Körper war leer, seine Kraftreserven verbraucht. Viele Jahrzehnte hatte er damit verbracht es Allen recht zu machen und sich selbst dabei vergessen. Und hatte er doch mal an sich gedacht, so wurde er mit Vorwürfen überhäuft und als egoistisch bezeichnet.

Trauer erfüllte ihn, Trauer um sich und was er verloren hatte. Tränen flossen nicht tröpfchenweise, sondern in Bächen, in Strömen. Es war, als wollten sie ihn leerlaufen lassen. Anfänglich wehrte er sich noch, doch dann nahm er die Trauer an, es war richtig so. Es war Zeit, Zeit für eine wirkliche Veränderung, Zeit zu heilen, Zeit sich nur auf sich selbst zu konzentrieren.

Und es brauchte viel Zeit, es dauerte lange, bis er auf Sunday traf. Sie begegneten sich auf Augenhöhe und entschieden frei, miteinander weiterzugehen, bis heute.

Und nun nach vielen gemeinsamen Jahren hatten sich Schleifen eingeschlichen, die sie eigentlich niemals laufen wollten. Sie hatten sich unbemerkt eingeschmuggelt, sie hatten es nicht gemerkt. Ihm wurde klar, dass dies nicht lange funktionieren konnte. Sie mussten etwas dagegen tun. Nur was, war ihm nicht klar, eingespannt wie sie auf einmal waren. Alle zerrten an ihm, an ihnen und er wusste nicht, wie und wo er den Ausweg finden konnte. Wo sollte er suchen in dieser monotonen Siedlung, die von einem ebenso monotonen Maisfeld umgeben war, das den Blick nach außen versperrte.

Fox kommt an diesem Abend spät nach Hause. Das Café und der Park haben seine Freitagsroutinen durchbrochen. Sunday fragt ihn nicht nach dem Grund. Er geht spät ins Bett. Lange läuft er im Wohnzimmer auf und ab, hört dabei klassische Musik, während Sunday schon längst schläft. Seine Gedanken treiben ihn von einer Wohnzimmerecke in die andere, rastlos wie ein Tiger in seinem zu engen Zirkuskäfig. Kurz nach Mitternacht zwingt er sich ins Bett, schließlich muss er morgen zeitig aufstehen, die Samstagsaufgaben, wie Einkaufen, Gartenarbeiten und Autowäsche stehen auf dem wöchentlichen Plan. Auf seinem Weg ins Schlafzimmer legt er einen kurzen Zwischenstopp im Badezimmer ein. Er beschränkt seine Verrichtungen auf das Notwendigste, seine Frau wird längst schlafen und er will keinen Lärm verursachen. Nach zwei weiteren Abstechern bei seinen Kindern, kommt er im Schlafzimmer an. Alles ist wieder ordentlich, aufgeräumt, repariert. Nur das Loch in der Wand zeugt noch von seinem morgendlichen Wutausbruch und er schämt sich dafür. Wie er es geahnt hat, schläft Sunday und hat dabei aber wie üblich vergessen ihr Buch beiseitezulegen und das Licht zu löschen. Fox zieht vorsichtig das Buch aus ihren Händen und schaltet die Nachttischlampe aus. Er küsst seiner Frau sanft auf die Stirn, entkleidet sich und schlüpft vorsichtig unter die gemeinsame Decke. Sunday haucht verschlafen ein

„Gute Nacht Schatz"

und dreht sich auf ihre Seite.

TRAUM

Er liegt auf dem Rücken, beide Hände unter dem Kopf verschränkt und starrt durch die Dunkelheit an die Decke. Irgendwann schläft er ein und fällt in einen unruhigen Schlaf.

In seinem Traum sitzt er irgendwo und weiß erst nicht wo. Er schaut an sich herunter und bemerkt, dass er die Kleidung eines Soldaten trägt und sich in einem Militärfahrzeug der deutschen Wehrmacht befindet. Sie fahren durch eine Stadt, welche dem Hamburg ähnelt, wie er es in alten Filmen gesehen hat. Er und ein weiterer Soldat am Lenkrad fahren in Richtung des Hafenviertels der Hansestadt. Auf der Rückbank sitzt eine junge hübsche Frau. Sie hat ein zartes Gesicht, welches umrahmt ist von langen tiefschwarzen, glänzenden Haaren, die über ihre Schultern hinab hängen. Sie hat eine auffallend schlanke Figur, ist aber nicht mager. Ihre Hände liegen auf ihrem Bauch, der leicht gewölbt erscheint. Fox kennt diese Frau. Zwischen seinen Beinen mit dem Lauf zur Decke gerichtet, hält er krampfhaft ein Gewehr fest. Seine Hände sind feucht, Schweißperlen laufen ihm von der Stirn, obwohl es draußen eisig kalt ist. Raureif liegt auf den Büschen und Hecken, an denen sie vorbeifahren. Im Hafen angelangt halten sie an einem Kai vor dem kein Schiff liegt. Eine Gruppe weiterer Soldaten erwartet sie dort. Vor der Gruppe steht ein Offizier. Rechts vom Kai am gegenüberliegenden Ufer liegen Kriegsschiffe der Wehrmacht. Am Ende des Kais steht eine einsame Laterne, die ihr schwaches Licht auf den kalten Boden wirft. Der Fahrer hält.

„Steig aus und bring es hinter dich."

Fox scheint in seinem Traum genau zu wissen was er zu tun hat. Er hebt sein Gewehr, drückt den Hebel seiner Tür nach unten und drückt sie nach außen, dann steigt er aus und öffnet die hintere Autotür, dort wo die junge Frau sitzt. Er reicht ihr wie selbstverständlich die Hand, um ihr beim Aussteigen behilflich zu sein.

Der Offizier vom Kai nähert sich mit energischen Schritten. Er lächelt diabolisch.

„Schön, dass sie dem Vaterland endlich wieder dienen wollen. Der Führer wird sich freuen, von ihrer Heldentat zu hören. Er freut sich über jeden Soldaten, der mannhaft seine Fehler eingestehen und korrigieren kann. Dies zeugt von innerer Stärke. Damit kann er ihnen auch ihren Fehler verzeihen. Er ist ein großzügiger Mann!"
„Jetzt bringen sie ihre Judenhure an das Ende dieses gottverdammten Kais und befördern sie sie dorthin, wo alle Juden hingehören!"

Fox erschreckt. Die Frau auf dem Rücksitz ist seine Freundin und er soll jetzt genau diesen Menschen, den er so sehr liebt, die ein Kind von ihm unter dem Herzen trägt, erschießen. Seine Kraft verlässt ihn schlagartig, ihm wird übel, er übergibt sich. Die werdende Mutter hingegen, verzieht keine Miene, sondern lächelt ihn wortlos an.

„Wie kann sie in dieser Situation nur lächeln, wo sie doch in wenigen Momenten durch meine Hand sterben wird."

Sie bleibt völlig ruhig. Greift nach der zitternden Hand des jungen Soldaten und geht mit ihm zum Ende des Kais. Nichts kann sie trennen. Sie tut das, was sie am besten kann, ruhig bleiben, denn sie weiß, dass ihre Liebe zu ihm sich auch nicht ändern wird, wenn er sie gleich erschießt. An der Laterne angelangt, bleiben sie im schwachen Licht stehen und sehen sich lange in die Augen. Tränen rinnen wie kleine Regentropfen ihm über die Wangen und er zittert. Ihm ist kalt. Eine Träne rollt auch von ihrer Wange, dann greift sie nach seiner Hand und drückt sie für einen unglaublich tiefen, zärtlichen Augenblick, in dem alles liegt, was Liebe ausmachen kann. Sie schauen sich tief in die Augen. Dann lässt sie ihn los und entfernt sich von ihm. Er selbst spricht kein Wort, sondern schaut ihr nach. Eine tiefe Trauer hat von ihm Besitz ergriffen und er kann sein Gewehr kaum halten. Er hätte sich entschuldigen können, es ihr erklären können, doch ihm fallen keine Worte ein. Mut sich gegen den Befehl zu stellen, hat er nicht. Der Offizier, der nur wenige Meter hinter ihm steht, erscheint ihm übermächtig und er hat Angst vor der Konsequenz, wenn er sich gegen ihn stellt und den Befehl verweigert. Die andere Variante ist auch nicht besser, denn das heißt, sie hier und jetzt erschießen. Da steht er nun, mutlos, ängstlich und ohne die Kraft eine eigene Entscheidung zu treffen. Panik, Angst und Verzweiflung haben ihn vollständig überwältigt und alle zu treffenden Entscheidungen sind von anderen getroffen worden. Der, der Vater eines Kindes wird, kann die Verantwortung für seine Familie nicht tragen. Er versagt hier und jetzt. Die Sekunden vergehen, ziehen sich zu einer Ewigkeit und rasen doch.

Hinter den beiden zerreißt ein Schuss die Stille. Der Offizier hat in die Luft geschossen.

„Jetzt mach schon",

bellt er,

„sonst mach ich es. Und ich kann es bestimmt besser als du Lusche, du Juden-ficker. Jetzt mach endlich es ist kalt!"

Fox, der junge, rückgratlose Soldat, wendet sich seiner Frau zu, legt das Gewehr an und schießt. Es ist die Ausführung eines Befehles, dazu wurde er gedrillt. Denke nicht, führe aus! Die Kugel verlässt den Lauf seines Gewehres, durchschlägt Bruchteile einer Sekunde später ihren zarten Brustkorb, durchbricht zwei Rippen, bevor sie das Herz trifft und es augenblicklich abschaltete. Alles geht zu schnell, der Schmerz erreicht nicht mehr das Gehirn, bevor der Tod eintritt. Die Kräfte verlassen die werdende Mutter. Sie sackt zusammen, schlägt auf den harten Betonboden auf und rollt vom Kai hinab in das kalte Wasser des Hamburger Hafens, wo sie in der Dunkelheit versinkt. Ihr gemeinsames Kind hingegen lebt zu diesem Zeitpunkt noch. Das kleine Herz schlägt weiter, bis die kleinen Muskeln kein Mutterblut mehr bekommen und ihren Dienst langsam einstellen. Sein Herz bleibt stehen, als seine Mutter den Grund des Hafenbeckens erreicht. Das Kind zappelt in der Fruchtblase. Es kann nicht verstehen, was passiert. Gleichzeitig dringt Eiseskälte zu ihm hinein und umklammert es in seiner Fruchtblase, seinem Sarg.

Der junge Soldat rennt zur Kaikante und sieht noch ein Stück des Mantels seiner Geliebten in den Fluten verschwinden. Er bebt am ganzen Leib.

„Hör auf mit dem Theater. Komm ins Auto, wir müssen zurück in die Kaserne oder soll ich dich auch gleich hier erschießen? Außerdem ist es saukalt und ich will mir meine deutschen Eier nicht abfrieren, denn die brauche ich noch für ein paar saubere Mädchen, um dem Führer Soldaten für den Endsieg zu schenken."

Der junge Mann mit dem Gewehr dreht sich um, geht zum Auto. Der Fahrer lässt scheinbar unbeteiligt den Motor aufheulen. Der Offizier bleibt mit den anderen Soldaten zurück. Einige lachen, andere stecken sich schweigend eine Zigarette an und sehen nachdenklich zu Boden.

Erst jetzt scheint der Fahrer an der Situation teilzuhaben.

„Gut so", jetzt hast du die Judensau endlich beseitigt. Wie konntest du nur mit so einer dreckigen Hure ins Bett gehen? Was wäre wohl passiert, wenn der Führer das Erfahren hätte, dass ein tapferer deutscher Soldat mit dem Feind schläft? Stell dir mal vor, wenn unser Offizier nicht so großzügig gewesen wäre? Man hätte dich gleich mit erschossen. Du kannst uns allen dankbar sein, hoffentlich zeigst du dich auch mal erkenntlich!"

Dann gibt er Gas und braust los. Der junge Soldat hingegen ist innerlich gestorben, hat sich selbst erschossen, als er sie tötete und hört nicht die Worte, die zu ihm gesprochen werden. Ihn hat keine Kugel getroffen, aber trotzdem war auch sein Herz stehengeblieben und würde niemals mehr für jemanden schlagen können.

Sie fahren durch die zerstörte Stadt, der lachende und rauchende Fahrer und der Mörder seiner Freundin, die ein Kind von ihm trug. Zurück in der Kaserne schleicht er in seine Stube, kramt nach der letzten Flasche Korn, die er im Spind versteckt hat. Die Betäubung als Flucht vor seiner Tat ist die einzige Möglichkeit die Situation und das Geschehene zu verdrängen. Anders ist der Moment nicht zu ertragen. Eine Kälte breitet sich in ihm aus, und er weiß, dass sie nie wieder weichen wird. Es ist die Kälte vom Grunde des Kais, dort wo sie nun alle liegen.

Einige Tage später fahren der Fahrer und der Mörder durch die Stadt. Rechts und links zerbombte Häuser, Trümmer überall. Den feinen Draht, der über die Straße zwischen zwei Schuttbergen gespannt ist, sehen sie nicht. Als ihr Fahrzeug den Draht durchtrennt, wird eine Mine ausgelöst, die das Auto mitsamt seinen Insassen sprengt. Seine Insassen werden durch die Wucht der Mine augenblicklich zerrissen, so dass sich ihre Körperteile über den Schuttbergen verteilen. Niemand wird sich die Mühe machen, dieses menschliche Puzzle wieder einzusammeln. Seine Eltern, einfache Schuhmacher aus Lübeck, werden später nur eine kurze Mitteilung bekommen. Das Vaterland dankt ihnen für den heldenhaften Einsatz ihrer Söhne. Eine Beerdigung wird es nicht geben. Was soll auch beerdigt werden? Sie sind weg, wie auch die versunkene Frau.

Tage später sitzen seine Eltern alt und zerbrechlich an einem einfachen Holztisch in ihrer Küche und betrauern den Tod ihres einzigen Kindes, mit dem nun auch ihre Familienlinie enden wird. Auch von ihnen wird nichts bleiben. Ihre Familiengeschichte endet in diesem Kriegswinter. Keine Zukunft und eine Vergangenheit, die auch damit verschwindet, denn wer soll sich erinnern, wenn es niemanden gibt.

Fox schreckt hoch und öffnet seine Augen. Er liegt immer noch auf dem Rücken. Langsam dreht er sich zum Wecker. In fünf Minuten wird er klingeln, er schaltet ihn aus und versucht sich langsam aus dem Bett zu stehlen ohne Sunday zu wecken. Die Nacht ist für ihn vorbei.

Endlich versteht er. Wenn sich etwas ändern soll, muss er sich bewegen, er muss Entscheidungen treffen und die daraus resultierenden Konsequenzen tragen. Endlich seinen Mann stehen. Gehen, um wieder zu kommen. Sein Unterbewusstsein zeigt ihm einen Weg, sich zu erforschen. Dafür stand der Traum. Ob Sunday das verstehen wird? Sie, die er liebt, stört jetzt in seinen neuen Gedanken. Es klingt ungerecht, wenn er darüber nachdenkt, aber er braucht eine Pause. Er muss raus. Raus aus dem Alltag, raus aus Abläufen, Zeit für sich zu finden. Nur er für sich, das ist es, was er braucht und insgeheim hat er davor Angst. Was ist, wenn er in sich hineinhören und dort jemanden finden wird, den er nicht erkennt oder mit dem er gar nicht klarkommt? Und wie geht das überhaupt in sich hineinschauen? Er hat zu viele Fragen für diese Uhrzeit, um all diese in der gewohnten häuslichen Umgebung zu beantworten. Er muss gehen.

Zu lange schon ist er Teil der „Armee" von Hannes. Er ist Soldat in Friedenszeiten in einer Firma. Er tut das, was man ihm sagt, ohne die Anweisungen zu hinterfragen. Wenn Hannes sagt:

„Spring!"

dann springt er. Wenn Hannes sagt:

„Kündige diesem Mitarbeiter!"

setzt er diesen Menschen vor die Türe. Er zerstört Existenzen auf Anweisung von Hannes, ohne sich dagegen aufzulehnen. Der Traum hat ihm das eindrücklich gezeigt.

„Wie weit würde ich gehen, um Anweisungen zu befolgen? Würde ich meine eigene Frau opfern? Natürlich haben wir andere Zeiten, wir sind nicht im Krieg und ich muss niemanden erschießen, aber ist es wirklich so anders, was ich mache, wenn ich Existenzen vernichte? Ein Krieg ohne Blut ist auch ein Krieg. Und würde ich das Gemeinsame, dass was wir zusammen geschaffen haben, einfach aufgeben, es einfach verlassen? Wo und wann werde ich Verantwortung für mein Handeln übernehmen?

Ich muss hier weg und die Stadt verlassen. Vielleicht raus ins Grüne, um was anderes zu sehen, zu hören, zu riechen. Einen fremden Wald würde ich mir gerne anzuschauen, einfach mal aus dem Alltag und den Regelmäßigkeiten entfliehen, darauf hätte ich Lust. Kommendes Wochenende haben wir nichts geplant. Da kann ich mal fort."

ABBRUCH

„Aber halt, warum erst das kommende Wochenende? Ich muss nicht zur Arbeit und geplant haben wir ausnahmsweise mal nichts. Ich kann es nicht wieder verschieben, ich kann mich nicht verschieben."

Sunday schläft noch, als Fox sich langsam zu ihr rüber beugt, ihr einen liebevollen Kuss auf die Wange gibt und sich dann langsam aus seinem Bett stielt. Seine Kleidung liegt noch von gestern in der Ecke. Er nimmt sie, schleicht aus dem gemeinsamen Schlafzimmer und betritt das Badezimmer, um sich frisch zu machen. Auf ein Frühstück hat er keine Lust, also packt er nur seine Jacke, den Autoschlüssel und seine Geldbörse, öffnet leise die Haustüre und geht zu seinem Wagen, der in der Einfahrt parkt.

Zügig fährt er die Ausfahrt hinab. Um diese Zeit ist alles frei. Diesmal bleibt er auf der Straße und biegt nicht in Richtung der Firma ab. Bald endet die Stadt, die an diesem Sonntagmorgen noch tief und fest schläft. Die Sonne ist gerade aufgegangen, aber die Straßen der Stadt sind noch menschenleer. Hier und da läuft ein Hundebesitzer in diesen frühen Morgenstunden herum, um seinen Hund zu erleichtern. Die Luft ist noch feucht, sauber und riecht ungeatmet, frisch. Leichter Nebel hängt in ihr und schlägt sich auf die Frontscheibe des Wagens nieder, als er aus der Stadt hinausfährt. Er fröstelt ein wenig, ist er doch direkt aus seinem warmen Bett an der Seite seiner Frau ins kalte Auto gestiegen. Die Bettwärme verliert er jetzt und sein Körper beginnt zu zittern. Vielleicht ist es auch die Aufregung etwas zu tun, was so gänzlich gegen die gängigen Familiengepflogenheiten spricht. Er schaut hinab zur Mittelkonsole seines Wagens und sucht den Regler für die Temperatur.

Er erreicht mit seiner rechten Hand den Regler und dreht ihn aus dem blauen in den roten Bereich. An dem frühen Morgen ist er sich noch nicht sicher, welcher Wert der geeignete ist, also dreht er ihn hoch und gleich wieder ein Stückchen runter. Dabei schaut er zu lange nach unten, nicht nach vorne, nicht auf das, was vor ihm liegt. Im Kopf hat er eine gerade Straße, so dass kein Gefühl der Gefahr ihn warnt. Dabei übersieht er aber, dass ein Reh langsam von links auf die Straße läuft. Es nimmt die Gefahr des herannahenden Autos an diesem frühen Morgen nicht wahr, ein paar herumwirbelnde Blätter in der Luft lenken das Tier ab. Derweil nähert sich der noch immer abgelenkte Fox dem Tier. Kurz bevor er das Reh erreicht, schaut er von der Mittelkonsole auf, sieht das Tier und reißt das Lenkrad herum. Es ist einfach keine Zeit zum Bremsen. Der Bremsweg wäre zu lang gewesen und er hätte das Reh sicherlich überfahren. Nun, wo er sich intuitiv für das Ausweichen entschieden hat, rast er von der Straße herunter und prallt ungebremst in die zweihundert Jahre alte Eiche, die rechts neben dem Straßenrand steht. Ein Bremsen nach dem plötzlichen Lenkmanöver ist wirkungslos, da der Wagen auf nebelfeuchtem Gras neben der Straße unterwegs ist und die Reifen somit keine Haftung haben. Das Reh kann der Situation entkommen. Fox nicht.

Durch die Wucht des Aufpralls und dem ungünstigen Winkel, bricht die linke Motoraufhängung wie ein Streichholz. Der Motorblock schiebt sich ein Stück weit in die Fahrerkabine. Der Airbag löst wie vorgesehen aus, aber da sich der Motor vorgeschoben hat, ist der Abstand zwischen Lenkrad und Fox zu kurz. Der aufplatzende Airbag hat damit weniger Platz sich zu entfalten, was dazu führt, dass die Explosion des Luftsackes so viel Wucht auf die kurze Entfernung entwickelt, dass der Kopf von Fox mit deutlich mehr Kraft gegen die Kopfstütze seines Sitzes geschleudert wird, als vom Hersteller berechnet. Als Resultat des heftigen Aufpralls platzen zwei kleine Äderchen in seinem Kopf und Blut sickert in sein Gehirn. Fox merkt davon nichts, noch benommen durch die Wucht des Aufpralls. Als er sich wieder gesammelt hat, fühlt er kurz nach all seinen Gliedern, macht auf dem beengten Raum einen Bewegungstest, ob Hände und Füße ansprechen und klettert aus dem völlig zerstörten Auto. Er setzt sich neben seinen Wagen ins feuchte Gras und versucht die Situation zu begreifen. Ihm wird übel, er übergibt sich. Am Griff der Autotür zieht er sich hoch und will zur Straße gehen, um Hilfe zu holen, als ihm ein furchtbarer Schmerz durch den Kopf schießt. Er zuckt zusammen und stöhnt laut auf.

„Kein Wunder, ich habe mir ja auch hart den Kopf angeschlagen. So ein Mist. Ich wollte doch nur raus ins Grüne, den Kopf freibekommen und jetzt platzt mir der Schädel und die Karre ist im Arsch. Super, läuft ja hervorragend. Einmal will ich etwas anders machen und direkt vermassel ich es."

Trotz allem glaubt er, weitestgehend unverletzt zu sein, bis auf die Übelkeit, die ihn schwallartig überkommt. An der Straße sieht er, dass es dumm gewesen ist, so früh loszufahren. Alle schlafen noch. Er schaut nach links, dann nach rechts. Nichts. Keine Menschenseele, auch kein entferntes Geräusch eines nahenden Autos.

„Zu warten wird keinen Sinn machen. Es kann noch eine Ewigkeit dauern, bis jemand kommt und ob dieser auch halten wird, steht in den Sternen. Jetzt muss ich wohl laufen. Die werden zu Hause mit dem Kopf schütteln, wenn ich gleich am Frühstückstisch stehe und davon berichte, dass ich früh losgefahren bin, um den Wagen an einem alten Baum zu verschrotten. Sunday wird fassungslos sein und fragen was los ist. Aber wer will mir jetzt schon noch glauben. Wahrscheinlich denken alle, dass ich verrückt bin und nicht alle Tassen im Schrank habe."

Damit macht er sich auf den Weg nach Hause. Er ist zu durcheinander, um einen klaren Gedanken zu fassen. Einige Meter weiter, wird die Übelkeit schlimmer und er muss sich ein weiteres Mal übergeben.

„Es wird wohl eine Gehirnerschütterung sein. Na, immerhin habe ich dann kommende Woche frei. Dann bin ich zwar nicht draußen im Wald, aber

zumindest auf der Coach und kann nachdenken. Vielleicht ist das auch eine Möglichkeit weiterzukommen."

Er macht eine kurze Pause, lehnt sich an eine Buche und schließt die Augen. Alles ist auf einmal so irreal. Wie in einem schlechten Film, über den man sich ärgert, weil man die Zeit so sinnlos vergeudet, hat.

In der Zwischenzeit läuft weiter unbemerkt Blut in sein Gehirn und erreicht einen Bereich, der für die Beinmotorik zuständig ist. Die zusätzliche Blutmenge in diesem Bereich lässt den Druck ansteigen. Die Nervenzellen können nicht mehr einwandfrei arbeiten. Eine Zelle nach der anderen stellt den Betrieb ein. Erst sind es nur wenige Zellen. Die, die weiterhin arbeiten, müssen mehr Aufgaben übernehmen, was dazu führt, dass sie mehr Nährstoffe benötigen. Dessen Zufluss ist aber durch den steigenden Druck beeinträchtigt und so fallen in schneller Reihenfolge viele Zellen nacheinander aus. Wie in einer Art Kettenreaktion wird die Fehlfunktion weitergegeben. Es ist ein Dominoeffekt, der einmal angestoßen von Niemandem aufgehalten werden kann.

Das Gehirn hat sehr viele Zellen, so dass Fox noch nichts spürt. Gehen und denken funktionieren noch, bis auf diese unangenehme Übelkeit. Am Baum gelehnt, bemerkt er jetzt, wie seine Beine schwammig werden, als ob die notwendigen Nerven zu langsam mit den Muskeln kommunizieren. Er schwankt, kann sich aber noch halten. Die unbetroffenen Neuronen im Gehirn können den Ausfall einzelner Zellbereiche noch kompensieren.

„Gehirnerschütterung",

denkt er wieder und geht langsam die Straße weiter.

„Hätte ich mir nicht einfach einen Fuß brechen können? Das tut zwar auch weh, aber der Kopf und die Übelkeit sind unerträglich."

Nach ein paar Metern und wenige Minuten später ist dann der Punkt in seinem Kopf erreicht, an dem zu viele Zellen aussetzen. Die Beine erhalten keine Arbeitsanweisungen mehr und brechen wie Streichhölzer weg. Die Kraft verlässt ihn und nach einem kurzen Taumeln stürzt Fox vorne hinüber in den Graben neben der Straße.

Nach einem unsanften Aufschlag entscheidet er sich dafür, kurz liegen zu bleiben, um sich zu sammeln.

„Ich mach meine Augen nur kurz zu, dann kann ich einen Moment verschnaufen. Hier habe ich meine Ruhe. Würde ich am Straßenrand liegen, würden die Leute bestimmt an einen Alkoholiker denken. Wie peinlich das wäre. Gut, dass ich etwas versteckt liege."

Mit diesem letzten Gedanken schließt er die Augen. Fox's Bewusstsein driftet davon und ein schwarzes Nichts umhüllt ihn. Sein Atem wird flacher. Er fällt in einen tiefen Schlaf, während das Blut weiter in seinen Kopf sickert und Zelle für Zelle abschaltet.

SUCHE

Zu Hause hat keiner seinen Weggang bemerkt. Alle schlafen noch. Den startenden Motor nimmt niemand wahr.

Sunday wacht an diesem Morgen nur langsam auf und streckt verschlafen ihre Hand in Richtung der Seite aus, auf der Fox eigentlich liegen sollte. Sie will ihn berühren und vielleicht auch etwas mehr. Ein wenig kuscheln wäre schön. Ihre Hand tastet sich Zentimeter für Zentimeter weiter vor.

„Irgendwo muss er liegen. Vielleicht liegt er wieder nahe an der Bettkante. Irgendwann wird er noch aus dem Bett fallen."

Ihre Hand findet ihn nicht. Sie dreht sich, etwas wacher als zuvor, zu seiner Seite und sieht, dass ihr Mann nicht an seinem Platz ist.

„Schatz? Bist du im Bad?"

Er wird doch wohl nicht für alle das Frühstück machen. Das ist doch gar nicht seine Art.

Sunday ruft ein zweites und ein drittes Mal, doch ihr Mann antwortet nicht. Nun ist sie hellwach und steht auf, um nach ihm zu sehen.

Sie geht ins Badezimmer, dann in die Küche, schleicht bei den Kindern hinein, aber Fox ist nicht da. Sie öffnet die Haustüre, auch das Auto fehlt. Langsam wird sie unruhig. Sunday geht wieder ins Haus zu ihren Töchtern.

„Wisst ihr, wo Papa ist?"

die Kinder verneinen verschlafen.

„Könnt ihr bitte mit suchen helfen?"

Sie suchen alle Räume im Haus und den Garten ab. Doch Fox bleibt verschwunden.

Während seine Familie ihn zu Hause sucht, liegt Fox bewusstlos in dem trockenen Wassergraben an der Ausfallstraße der Stadt. Mittlerweile ist ein erstes Auto an der Unfallstelle angekommen und hat angehalten. Der alte Mann in dem Wagen, will kurz schauen, ob er helfen kann. Er findet aber nur ein rauchendes Wrack vor, ohne den dazugehörigen Fahrer. Er vermutet eine Fahrerflucht und dass der Wagen wahrscheinlich gestohlen ist. Er ruft die Polizei, die wenige Minuten später am Unfallort eintrifft. Der Pensionär gibt seine Personalien an, beschreibt, wie er den Unfallort vorgefunden hat und darf dann seinen morgendlichen Weg zum Bäcker fortsetzen. Die Polizisten suchen nun selbst am Unfallort, bleiben aber erfolglos. Nach ein paar Minuten geben sie die Suche auf, bestellen den Abschleppdienst und sichern die Stelle für nachfolgende Autos ab. Etwa eine Stunde später ist nur noch das niedergedrückte Gras, der aufgerissene Boden und die massive Beschädigung am Baum zu sehen.
Unterdessen sitzt das Reh im Unterholz noch immer mit pochendem Herzen und beobachtet aus sicherer Entfernung die Szenerie.

GEFUNDEN

In der Zentrale hat die Polizei anhand des Autokennzeichens den Halter des Fahrzeugs ermittelt und bei Sunday angerufen.

„Guten Morgen, entschuldigen sie bitte die frühe Störung, aber wir müssen sie zu einem Unfall befragen. Wir haben den Wagen ihres Mannes soeben im Wald außerhalb der Stadt gefunden. Offensichtlich war der Wagen an einem Unfall beteiligt. Von ihrem Mann fehlt uns allerdings jede Spur und wir wissen nicht, ob er den Unfallwagen gefahren hat. Vielleicht wurde ihnen der Wagen gestohlen und sie haben ihn zu früher Stunde nicht vermisst. Können sie wohl nachschauen, ob ihr Wagen in der Einfahrt steht oder uns mitteilen, ob ihr Mann den Wagen gefahren hat."

Sunday wird es bei dem Anruf übel und sie setzt sich auf den Küchenstuhl. Ihre Töchter sitzen ihr gegenüber und kauen auf ihren Broten, nicht ohne aufmerksam mit großen Augen dem Telefonat ihrer Mutter zu folgen.

„Was war passiert?"

denkt sie.

Ihre Gedanken rasen chaotisch durch ihren Kopf.

„Entschuldigen sie, das ist jetzt gerade etwas viel für mich. Wissen sie, wir suchen meinen Mann auch seit zwanzig Minuten und haben gerade festgestellt, dass unser Auto weg ist."

„Ok, dann wissen wir erst einmal Bescheid und können von hier aus die Suche mit den Kollegen einleiten. Wenn sie etwas hören, unterrichten sie uns bitte umgehend."

Damit beendete der Beamte das Gespräch, während Sunday fassungslos, immer noch mit dem Hörer in der Hand sitzen bleibt. Langsam legt sie ihn zurück auf die Station. Dann eilt ins Schlafzimmer, zieht sich an und ruft im Laufen mit dem Handy bei Tiffany an. Einerseits will sie wissen, ob die beiden was damit zu tun haben, andererseits braucht sie jetzt schnell ein Auto. Ein ungutes Gefühl beschleicht sie.

Eine viertel Stunde später fährt George in die Einfahrt und gibt Sunday den Autoschlüssel.

„Kannst du denn fahren?"

fragt er sie beunruhigt, als Sunday ihm nervös und aufgelöst entgegentritt.

Sie vergisst ihren Kindern zum Abschied zu winken, die in der Haustüre wortlos stehen und nichts verstehen, aber immer noch auf ihren Frühstücksbroten kauen.

Ohne auf ihre Antwort zu warten, nimmt George ihr die Autoschlüssel wieder ab und dirigiert sie auf den Beifahrersitz, setzt sich selbst hinter das Lenkrad und fährt los. Sunday beschreibt ihm während der Fahrt den Weg zur Unfallstelle, so wie es ihr der Beamte geschildert hat. George fährt auf dem kürzesten Weg zur beschriebenen Stelle. Die Stadt ist an diesem frühen Morgen immer noch leer, so dass sie nicht aufgehalten werden und bald finden sie den Schauplatz im Wald. Sunday steigt aus dem Wagen und ist fassungslos. Ihr gemeinsames Auto ist zwar schon fort, aber die Wucht des Aufpralls hat viele Sträucher umgerissen, so dass sie ahnt, was hier vorgefallen sein muss. Sie geht jeden Quadratmeter der Unfallstelle ab, sieht sich alles ganz genau an und kann sich keinen Reim auf die Geschehnisse machen.

„Er wollte sich doch nicht umbringen? Ja, er war ruhiger in den letzten Tagen, aber er war doch nicht krank. Habe ich was übersehen? Hatte er Ärger in der Firma? Haben sie ihn vielleicht entlassen und er hat es uns nicht erzählen können, weil er sich geschämt hat? Haben wir in der Familie zu wenig gesprochen? Habe ich ihn als meinen Mann zu wenig beachtet?"

Sunday und George beschließen, noch einmal alles abzusuchen. Vielleicht gibt es einen Anhaltspunkt, irgendetwas, was Fox gehört und was er in dem Chaos seines Unfalls verloren hat.

Währenddessen sickert immer mehr Blut in das Gehirn von Fox und drückt weitere Bereiche ab. Noch mehr Funktionen seines Körpers stellen den Dienst ein und sein Koma vertieft sich von Minute zu Minute, von Blutstropfen zu Blutstropfen. Lange kann er diesen Zustand nicht mehr überleben. Irgendwann wird der Druck des Blutes die Funktionen der Zellen beeinträchtigen, die für die Atmung und den Herzschlag zuständig sind. Fox wird dann entweder ersticken oder sein Herz wird einfach aufhören zu schlagen.

Wenige Meter entfernt sucht George den Straßenrand ab, nicht ahnend, dass er gleich auf seinen Freund stoßen wird. Er hat sich gedacht, dass vielleicht etwas in den Graben gefallen sein könnte und sucht dort, während Sunday die Richtung hinter der alten Eiche eingeschlagen hat, falls etwas nach vorne aus dem Auto geschleudert worden ist.

George schaut zwischen die Sträucher und stößt auf den leblosen Fox.

„Fox! Fox, sag doch was! Sunday er liegt hier. Komm schnell. Sunday, ich habe Fox gefunden!"

schreit er.
Sunday rennt herbei.

Panisch schütteln sie ihn und versuchen ihn aufzuwecken.

„Siehst du irgendwelche Verletzungen?"
„Nein nichts."
„Drehen wir ihn um".

Äußerlich sind, außer ein paar harmlosen Schürfwunden keine Verletzungen zu erkennen. Sunday informiert den Notarzt, während George versucht Fox aus dem Graben zu ziehen.

Als der Notarzt ein paar Minuten später eintrifft, unternimmt auch dieser alle möglichen Versuche, um Fox zu wecken. Vergeblich. Die Sanitäter entscheiden daraufhin, dass innere Verletzungen oder ein Schock ein Grund sein können, verfrachten den Patienten, nebst seiner aufgelösten Ehefrau, in den Krankenwagen und fahren mit heulenden Sirenen Richtung Krankenhaus. Sunday verständigt unterwegs die Polizei.

„Wir werden ihren Mann dann im Krankenhaus befragen, sobald er wieder ansprechbar ist,"

richten die Polizisten aus.

Zu diesem Zeitpunkt wissen sie noch nicht, dass die Befragung niemals stattfinden wird. Die Beamten werden irgendwann den Fall abschließen und zu den Akten legen. Es hat sich um einen normalen Unfall gehandelt. Da kein Alkohol im Blut von Fox gefunden wird, ist er wahrscheinlich unaufmerksam gewesen oder einem Tier ausgewichen.

KRANKENHAUS

Auf der Fahrt zum Krankenhaus kündigen die Sanitäter ihren Patienten an, so dass erste Vorbereitungen getroffen werden. Aufgrund der unklaren Sachlage wollen sie keine Zeit verlieren.

Fox wird von der Notaufnahme direkt zum MRT gebracht, um ihn nach inneren Verletzungen zu untersuchen. Dabei wird das Blutgerinnsel im Kopf festgestellt. Außer Blutergüssen am Körper, Armen und Beinen sind keine Frakturen zu finden. Die Hirnblutung bereitet den Ärzten allerdings Sorgen. Man entscheidet sich zu einer kurzfristig angesetzten Operation, um den Schädel anzubohren und um den Druck im Inneren zu verringern, in dem das Blut herausfließen kann. Vielleicht wird der reduzierte Druck dazu führen, dass er wieder ansprechbar ist, so ihre Vermutung.

Fox bekommt von all dem nichts mit. Für ihn ist immer noch alles schwarz und zu träumen hat er noch nicht wieder begonnen, dafür steht sein Gehirn zu sehr unter Druck. Nachdem das Loch in seinen Schädel gebohrt ist und das Blut, sowie weitere Flüssigkeiten, welche über die vergangenen Stunden in sein Gehirn gelaufen sind, abfließen können, beginnen einzelne, kleine Zellbereiche, die nicht abgestorben sind, wieder ihren Dienst aufzunehmen. Erste Funktionen kehren zurück, die Muskulatur wird angesprochen. Doch sein Bewusstsein kehrt nicht zurück.

Stunden später, nach der OP, kommt einer der behandelnden Ärzte zu Sunday.

„Der Eingriff ist gut verlaufen, aber wir wissen nicht, wann ihr Mann wieder aufwacht. Es kann in den kommenden Minuten der Fall sein, es kann aber auch noch Stunden, Tage oder Wochen dauern. Das ist für diese Art von Verletzung normal. Sie müssen jetzt Geduld haben und abwarten. Das Gehirn muss sich erst erholen und dieser Vorgang braucht Zeit. Vielleicht fahren sie jetzt heim und wir rufen sie an, wenn es Neuigkeiten gibt.“

Damit dreht er sich um und lässt Sunday allein zurück. Er gibt ihr keine Möglichkeit Fragen zu stellen. Sie ist informiert worden, er hatte den Eingriff vorgenommen, er ist mit seinem Job fertig und will wieder nach Hause, schließlich ist heute Sonntag und er hat keinen Dienst und wird auf dem Golfplatz erwartet.

Sunday, die sprachlos im Flur von ihm zurückgelassen wird, geht auf die Intensivstation und setzt sich ans Bett ihres Mannes. Dort liegt er, mit einem dicken Verband um den Kopf. An zahlreiche Maschinen angeschlossen, werden seine Vitalwerte lückenlos überwacht. Es piept und rauscht nervtötend. Traurig schaut sie ihn an. So viele Fragen gehen ihr durch den Kopf und Antworten hat sie keine. Innerlich stellt sie sich auf eine Zeit des Schweigens ein, es ist so ein Gefühl, als ob er gerade von ihr geht und sich damit immer weiter entfernt. Es ist alles so plötzlich gegangen. Sie konnte sich nicht mal von ihm verabschieden. Jetzt ist er unerreichbar und sie muss allein klarkommen.

Fox ist fort. Das Schwarz in ihm beginnt langsam, ganz langsam zu dämmern. Die ersten grauen Töne mischen sich in das Dunkel seiner Nacht.

George, Sunday und Tiffany reden an diesem Sonntag lange miteinander. Auch bei ihnen will sich kein normaler Tagesablauf einstellen. George zittert am ganzen Körper und seine Frau legt ihm zur Beruhigung ihre Hand auf den Arm. Eine kleine Geste, die gut tut. Sie sitzen am Küchentisch und schauen sich an. Alle Worte sind gesagt und sie wissen, dass sich nun Dinge ändern werden. Noch ist ihnen unklar, in welche Richtung es gehen wird. Sie haben Angst um ihren Freund, Ehemann und Vater und sind traurig. George geht ins Wohnzimmer, nimmt sich ein Glas von der Bar, um sich einen Drink zu genehmigen, als er innehält und die Flasche und das Glas wieder wegstellt. Ihm ist der Appetit vergangen.

VERÄNDERUNG

Die Tage vergehen. Der Zustand ändert sich nicht. Fox lebt zwar und ist körperlich da, aber dennoch abwesend. Sunday macht den Haushalt, den Garten und alles, was vorher Fox getan hat. Am schlimmsten sind die Nächte, dann wenn die Bettseite neben ihr leer bleibt. Sie versucht sich abzulenken, telefoniert mit alten Freundinnen, die ihr Mut zusprechen, fährt täglich ins Krankenhaus, wenn die Kinder in der Schule sind, oder setzt sich abends, wenn die Kinder im Bett sind, vor den Fernseher, anstatt ein Buch zu lesen. Ein Buch bedeutet Stille, und die hält sie nicht aus. Der Fernseher verbreitet etwas Lärm, so dass sie abgelenkt ist, auch wenn der Inhalt sie nicht interessiert. Neben ihr liegt das Telefon und sie wartet sehnsüchtig auf den erlösenden Anruf aus dem Krankenhaus, das ihr Mann aufgewacht ist. Und gleichzeitig fürchtet sie sich davor, denn ein Klingeln kann auch seinen Tod bedeuten.

Joy und Hope vermissen ihren Vater, sind aber schnell wieder im Alltag mit der Schule und ihren Freundinnen. Ihr Vater ist sowieso nur abends und am Wochenende da. Ihre eigentliche Bindung haben sie zur Mutter und daran, außer dass sie nun mehr Aufgaben zu erfüllen haben, hat sich nichts geändert.

Für George und Tiffany hat der Alltag bald wieder begonnen und sie denken nur wenig an ihre Freunde. Nur ab und zu sprechen sie über die quälende Situation. George hat mit dem Trinken aufgehört und ist jetzt häufiger im Gespräch mit seiner Frau. Sie rücken näher zusammen.

Hannes, der Chef von Fox, ist über die Nachricht des Unfalles erst am Dienstag informiert worden. Er nimmt es zur Kenntnis, stellt betriebsintern ein paar Arbeiten um, damit der Ablauf gesichert ist und geht wieder zur Normalität über. Fox ist für ihn blass, unbedeutend und letztlich unwichtig. Hannes sieht das rein wirtschaftlich, denn ihm geht es nur um den Betrieb, nicht um den einzelnen Menschen.

WANDERUNG

Unbemerkt von den Apparaten, dem Pflegepersonal und den traurigen Augen der wartenden und hoffenden Sunday, beginnen sich Dinge bei Fox zu verändern. Den wenigen Grautöne, die sich in seinem Gehirn ausgebreitet haben, sind einzelne Farben hinzugetreten. Teilweise sind Konturen zu erkennen, die aber noch nicht wirklich ein Bild ergeben. Fox fängt an, sich im Geiste zu rekeln und zu strecken. Er hat das Gefühl, dass er durch den Nebel hindurchgehen muss, um etwas zu erkennen. Ihm ist nicht bewusst, dass alles, was er sieht und alles was passiert, nur in seinem Kopf stattfindet und nichts mit der Realität da draußen auf der Erde zu tun hat. Ein Klartraum mit all seinen Facetten. Er beginnt zu wandern, nicht mit den Füssen, sondern in seinem Geist. Laufen, wohin auch immer er gehen will. Der Nebel lichtet sich und vor ihm liegt...

...die Idee, die er vor seinem Unfall hatte. Es hat ihn zwar aus allem Körperlichen herausrissen, allerdings steckt sie noch immer in seinem Gehirn. Sie bleibt dort auch als sich Teile in seinem Nervensystem abschalten. Sie ist wie ein Zwerg, der zusammengekauert im Dunkeln sitzt, die Hände um die Beine gelegt. Klein, unauffällig und übersehbar. Jetzt steht dieser Zwerg auf. Ungebunden von Materie, von Muskeln, Knochen und Sehnen, beginnt er zu laufen. Es ähnelt einem Klartraum, nur dass er nicht Zuschauer und Beobachter, sondern aktiver Teil dieser Handlung ist. Er weiß nicht genau warum, es ist eher ein Gefühl, dem er nachgehen will.

Fox ist frei. Alles ist leicht, alles ist machbar. Es gibt keine Zweifel, nur die unbändige Lust auf neue Erfahrungen. Neugierde gepaart mit einem Kribbeln im Bauch. Er muss es sich nur nehmen, niemanden muss er fragen oder bitten. Er ist sein eigener Herr, selbständig, kein Krieger, kein Angestellter, kein Weisungsbefugter, kein Mitläufer, sondern ein Heerführer in eigener Sache. Er ist der

Spion, der sich unauffällig bewegen kann, der nicht gesehen wird, der im Verborgenen unterwegs ist.

Währenddessen, auf der anderen Seite, sitzt Sunday stundenlang am Bett ihres Mannes und wartet. Seine körperlichen Werte sind alle im Normbereich. Sie muss nur geduldig sein. Hoffen auf den Augenblick, in dem sich Fox wieder für das Leben mit oder ohne ihre Nähe entscheidet. Der Augenblick, wo er ihr wieder gegenübersitzt, um sein Leben mit ihr und den Kindern zu teilen. Diese Entscheidung liegt nur bei ihm und nichts kann ihn auf seinem Weg beeinflussen, keine Technik, keine Medikamente, nichts aus dem medizinischen Versorgungs- und Erhaltungsprogramm. Und neben der Hoffnung sitzt die Angst auf der anderen Seite des Bettes und lächelt sie an. Die Furcht davor, dass sich Fox gegen das Leben entscheidet. Das sein Weg hier zu Ende ist und dass es keine Verabschiedung gibt. Auch dieser Weg ist möglich und Sunday fürchtet ihn mehr als alles andere. Ein Ende kann sie akzeptieren, aber nur auf Augenhöhe und mit einer Verabschiedung, nicht aber ein wortloses Gehen, nach all diesen Jahren. Es wäre der Moment, in dem sie stürzen würde. In ein kaltes, dunkles Loch, so tief. Sie ist sich nicht sicher, ob sie die Kraft hat, daraus wieder herauszuklettern. Alles ist hinnehmbar, aber nicht dieses tiefe Loch, diese Höhle, die so still sein wird, dass das Rauschen ihres Blutes ohrenbetäubender Lärm wäre.

DÄMMERUNG

Tief in seinem Kopf hat sich der Nebel mittlerweile gelichtet. Niemand spricht ihn an, fordert etwas von ihm, will seinen Weg beeinflussen und es ist auch niemand zu sehen. Menschen scheinen auf seinem Weg nicht vorzukommen. Doch er fühlt sich nicht einsam.

In seiner Welt verlässt er die Stadt, ungefähr an der Stelle, an dem er den Unfall gehabt hat. Von dem Unfall weiß er nichts mehr. Er ist nicht gespeichert, nur der Plan, mit seiner ursprünglichen Idee geht weiter, die Stadt zu verlassen, um Ruhe zu finden. Er verlässt die Stelle am Unfallbaum, sieht das Reh, das ihm nachschaut und geht über die Felder, die Äcker und durch Wälder, die sich vor ihm auftun.

Er durchschwimmt rauschende Flüsse, deren Kälte er nicht wahrnimmt und von denen er nicht nass wird. Er klettert auf die höchsten Berge ohne sich Anseilen zu müssen, er durchschreitet unwegsames Gelände, ohne sich an scharfkantigen Steinen zu verletzen. Er durchläuft Wüsten, empfindet weder Durst noch macht die Hitze ihm etwas aus. Hunger stellt sich nicht ein, Tiere können ihm nichts anhaben, der Tagesablauf verliert an Bedeutung, er wird nicht müde, muss nicht ruhen. Er durchläuft Nächte und beobachtet den Sternenhimmel, der übervoll mit Sternen gespickt ist. Er sieht die Milchstraße, Sternschnuppen und Kometen vorbeiziehen. Der Mond erscheint ihm eigentümlich groß, fast schon zu groß. Selbst die Krater auf dem Mond sind alle sichtbar. Und die Planeten des Sonnensystems scheinen näher zusammenzustehen, denn er kann den Jupiter ebenso gut sehen, wie den Mars oder den Saturn mit seinen zahllosen Ringen. Für einen Augenblick hat er das Gefühl, zwischen diesen Planeten hindurchfliegen zu können. Als ob er ummantelt ist von einer unsichtbaren Hülle, die alles was den menschlichen Körper quält, einfach abhält. Wie eine Taucherglocke, mit der man in die Tiefen des Meeres herabsteigt. Alles ist zu sehen, vieles ist zu hören, aber nichts ist zu fühlen. Die Glocke schützt, ist ein eigener Kosmos, der ein Leben dort garantiert, wo menschliches Leben ohne Hilfe unmöglich ist. Er nimmt es nicht wahr. Er fühlt sich wohl, alles ist angenehm warm, er kann schauen und beobachten und muss nichts hinterfragen.

Er sieht Tieren stundenlang zu. Er steht neben ihnen, beobachtet sie bei der Jagd, beim Paaren. Sie lassen sich nicht stören. Er sieht und versteht Verhaltensweisen, als ob er zur gleichen Art gehören würde. Es ist, als wäre er Luft. Er sieht Tiere sterben und stirbt mit ihnen, fühlt sich in diese sterbenden Körper ein. Verwest, verfault und wird vom Boden aufgenommen. Er verteilt sich auf unzählige kleinere Organismen, die auch sterben und von zahllosen noch kleineren Tieren aufgenommen werden, bis er nur noch Molekül ist. Er kann Moleküle, Atome, Elektronen und Neutronen sehen. Die physikalischen Gesetze sind außer Kraft gesetzt.

Er schaut sich Pflanzen an, kostet von ihnen und es ist unbedeutend, ob sie giftig oder essbar sind. Er sammelt Blätter, Blüten und Früchte, betrachtet und vergleicht sie miteinander. Er stellt Sortierungen auf und versteht die Entwicklung in der Evolution. Er versteht die Vergesellschaftung von Wäldern, in denen alle Organismen miteinander sprechen, ohne dass wir Menschen etwas davon bemerken, weil vieles nur in der Erde oder über Düfte in der Luft weitergegeben wird. Er versetzt sich in Pflanzen. Er wird zur Pflanze, wächst, blüht, wird abgefressen, wird befruchtet, samt aus und vergeht. Er vermodert, wird aufgenommen von anderen Organismen, wird Teil von ihnen und wächst erneut.

Tagelang sitzt er an kleinen Bächen und beobachtet das Treiben unter Wasser, sieht den Wellen, den kleinen Strudeln oder vorbeitreibenden Blättern und Ästen nach. Er folgt kleinen Rinnsalen, vereinigt sich mit anderen, wird zum Bach, Fluss, Strom, ergießt sich ins Meer. Er schwimmt in glasklaren, eiskalten Seen, steht auf den schneebedeckten Gipfeln von Bergen im Sturm, kann die Aussicht genießen und nichts davon bereitet ihm Mühe. Der Berg kann noch so steil sein, der Wind noch so stark, die Temperaturen noch so extrem, es ist egal, er läuft immer weiter. Er steht im Orkan, wird emporgehoben und davongetragen. Er schwebt mit dem Wind, umfließt Berghänge, schüttelt Bäume durch, knickt Wälder um, türmt Wellen im Meer auf, steigt an Bergen auf, um auf der anderen Seite wieder herabzusinken. Er treibt Wolken vor sich her, formt Gewitter, steigt in ihnen auf, um wieder herabzufallen. Er wird Regen, Tropfen, Eiskristall und fällt zu Boden, um davonzufließen und Rinnsale zu bilden.

Die Landschaften verändern sich, aus Wiesen und Äckern werden Moore und Sümpfe. Große Ströme, auf denen keine Schiffe fahren, kreuzen seinen Weg. Er gelangt in hügelige Landschaften, Wüsten liegen vor ihm und scheinbar unüberwindbare Meere. Die Hügel verschwinden wieder, die Wüsten enden irgendwann, die Flüsse werden schmaler. In all der Zeit begegnet ihm keine Menschenseele, wohl immer wieder Tiere, vor allem Vögel, aber keine menschliche Seele. Völlig allein auf seinem Weg aber nicht einsam. Er empfindet keine Angst, wenn vor ihm ein scheinbar unüberwindbares Hindernis liegt. Überall kann Fox hinlaufen, hinschwimmen, hinklettern, hintauchen, alles beobachten, wahrnehmen, sehen. Für ihn ist alles real, und doch nur das Produkt seiner Gedanken. Die Zeit verliert an Bedeutung, er hat sich längst von Zeit und Raum gelöst. Er unterliegt nicht den tagestypischen Prozessen, wie Atmen, Schlafen, Aufstehen, Hungergefühl, Durst oder Verdauung.

Sein Körper ist seine Taucherglocke, maschinell am Leben gehalten in diesem kleinen grauen Krankenhaus. Er ist vollkommen frei in seinem körperlichen Gefängnis.

GLOCKE

Währenddessen vergehen für Sunday Wochen und Monate und der Alltag kehrt bei ihr und den Kindern ein. Täglich geht sie ins Krankenhaus, spricht mit ihrem Mann, erzählt von ihrem Tag und den Kindern. Und er liegt da, scheint ihr zuzuhören, reagiert auf nichts, sagt nichts, schaut nicht, lacht nicht, weint nicht. Es scheint, als spreche sie gegen eine Wand. Es erreicht ihn nicht. Fox ist in Gedanken weit weg. Sie ist eine verheiratete Frau mit einem Mann, der vor ihr liegt, den sie anfassen kann, streichelt, der warm ist, dessen Bart wächst, der Nahrung über den Tropf zu sich nimmt, der nicht erreichbar ist. Er zeigt ihr die kalte Schulter, ohne es zu wissen. Es tut ihr weh, diesen Zustand zu sehen und zu ertragen. Sie sind ein Paar ohne Beziehungsarbeit.

George und Tiffany haben wieder mehr zueinander gefunden. Durch das Ereignis mit Fox sind sie aufgerüttelt worden. Sie haben gesehen, wie schnell ein kleines, scheinbar unbedeutendes Ereignis, ein ganzes Leben verändert und nicht nur für den Entscheidungsträger, sondern gleich für eine ganze Familie, mit Kindern, Haus und Hof, Arbeit und sozialem Umfeld. Das Netz, durch das alle verbunden sind, ist in Schwingungen geraten und hat erste Veränderungen verursacht. George hat aufgehört zu trinken und das Ehepaar ist wieder im Gespräch miteinander. Sie teilen sich die Freizeit zu Hause und gehen weniger zu Partys. Die Ablenkung in Form von Feiern, ist nicht mehr notwendig. Stille und Beisammensein gefällt ihnen wieder und nährt sie. Sie können sich wieder berühren, nebeneinander liegen und den anderen einatmen. Abends sitzen sie häufiger vor dem Kamin, lehnen sich aneinander und schauen stundenlang dem Tanz der Flammen zu. Die Wärme des Feuers und die ihrer beiden Körper ist füreinander bestimmt und sie teilen sich diese Zeiten. Die innere Einsamkeit zu zweit ist gewichen.

Da Sunday allein ist, kümmern sich die Freunde nun mehr umeinander. Sie besuchen sich häufiger, kochen sich Essen, passen auf die Kinder auf. Hätten sie nicht getrennt gewohnt, hätte man von einer Wohngemeinschaft sprechen können, so viel Zeit verbringen die Familien nun miteinander.

Sunday tut es gut, denn es reduziert ihre Einsamkeit und George und Tiffany können etwas tun. Sich ein wenig für die Zeit revanchieren, in denen Sunday und Fox für sie da gewesen waren. Fox ist Teil ihrer Gedanken, aber je mehr Zeit vergeht, umso mehr lösen sich alle von ihm. Er ist kein aktiver Teil der Gemeinschaft. Er bringt sich nicht ein. Ein passiver Posten, der zwar anwesend ist, der der Auslöser für den aktuellen Zustand der Familien ist, um den sich das meiste im Tagesverlauf dreht, der aber der Vergangenheit angehört, weil man nur von vergangenen Dingen sprechen kann. Es passiert nichts, was die Außenstehenden erkennen können. Der Blockbuster in seinem Kopf liegt für alle Beteiligten im Dunkeln, verschlossen hinter einem Schädel, eingebettet in der grauen Masse des Gehirns, verborgen aber auch beschützt. Und seine Frau tut unwissentlich alles, um diesen Kopf am Leben zu halten, obwohl sie nicht weiß, dass es dort ein eigenes Leben gibt. Sie tut es intuitiv, aus Liebe zu ihrem Mann.

SÜDEN

Der für seine Familie und seine Freunde unsichtbare Film, ist für Fox die neue und einzige Realität. In den letzten Wochen hat er scheinbar mühelos viel erlebt und gelebt, ist in der Stille seines Geistes eingebettet eine halbe Ewigkeit gelaufen. Er hat es genossen, konnte er sich doch selbst beobachten, sich kennenlernen und erkennen. Dieser Weg, den er nun geht, führt ihn wie durch Geisterhand durch eine Welt, die er nicht kennt. Er überlegt immer wieder, ob es ein Ziel gibt, aber er sieht es nicht. Er läuft immer weiter in Richtung Süden, der Sonne entgegen. Schlägt er einen Weg nach Westen oder Osten ein, hat er ein ungutes Gefühl und korrigiert sein Vorhaben bald. Er hat dann den Eindruck auf einer schiefen Ebene zu gehen. Zurück kann er nicht. Es scheint dann, als ob er einen steilen Anstieg vor sich hat. Es ist mühsam diesen Weg zu gehen. Es läuft sich wie von allein in Richtung Süden, als ob er geschoben wird.

Er nimmt alles wahr und speichert diese neuen Erfahrungen ab. Erfahrungen, die ihm bisher fehlten. Er wird reicher und reicher, obwohl sich seine Taschen nicht mit Gold füllen. Doch die Erfahrungen, die er aufnimmt, füllen seine innere Amphore langsam und stetig. Sein hohles Inneres beginnt eine Form anzunehmen. Und so läuft er weiter und weiter, studiert, nimmt wahr, erfasst, speichert, füllt sich.

Eines Tages ändert sich die Landschaft. Am Horizont erscheint die Wand eines mächtigen Gebirges. Die schneebedeckten Gipfel sind steil und schroff, die Felswände sind scharfkantig und aus schwarzem Gestein, die die hellen Sonnenstrahlen reflektieren wie tausende Spiegel. Die Berge scheinen unbezwingbar, unüberwindbar, aber dennoch zerbrechlich zu sein, da viele abgesplitterte Steine an den Füßen der Berge liegen und immer wieder brechen Weitere ab. Es klingt wie ein rauschender Wald, in dem alte vertrocknete Herbstblätter herabrieseln. Eine unaufdringliche Geräuschkulisse von kleinen fallenden und zerbrechenden Steinen. Ein Gebirgsbach, der vor sich hin rauscht, eine Autobahn mit gleichmäßig fließendem Verkehr, eine sich unterhaltende Menschenmenge. Ein Rauschen, hörbar, unüberhörbar aber nicht alles überdeckend, nicht störend, nicht aufdringlich.

Und der Weg von Fox hat ihn hierhin getrieben. Es zieht ihn an, obwohl er nicht weiß, was es ist und wieso. Es ist sein inneres Bestreben hier hinzugehen, aber Ziel und der Grund sind unbekannt. Er ist noch ein ganzes Stück entfernt und hat noch keinen direkten Kontakt zu den schwarzen Steinen, sieht keine Details. Alle Farben des Regenbogens leuchten auf den Steinen, wenn die warmen, untergehenden Sonnenstrahlen seitlich auf diese treffen. Er ist begeistert, wann immer ein neuer Strahl auf einen Stein trifft und die im Schwarz versteckten Farben zum Leuchten bringen. Noch nie zuvor haben ihn Farben so angesprochen. Er kann sich nicht daran erinnern, dass er überhaupt irgendwann einmal Wert daraufgelegt hätte. Viele Stunden kann er diesem Farbspektakel zuschauen, ohne das Interesse zu verlieren, ohne sich sattzusehen. Er saugt es ein, speichert es, kann nicht genug davon bekommen. Manchmal treibt es ihm die Tränen in die Augen, wenn die Farben intensiv leuchten, so sehr kann er sich daran erfreuen und sich in ihnen verlieren.

KRANKENHAUSZEIT

In der anderen Welt sitzt Sunday im kalten, weißen, farblosen Krankenhaus. Ihre Kinder sind in der Schule. Sie verbringt ihre Zeit bei Fox am Krankenbett, wie jeden Morgen seit dem Unfall. Neben dem Bett stehen Geräte, Monitore, Pumpen, Beatmungsgeräte, alles, um ihn am Leben zu halten. Sie glaubt noch immer daran, dass er aufwachen wird, obwohl er schlecht aussieht und langsam verfällt. Er ist ausgemergelt und schmal geworden. Die Arme sind grün und blau, zerstochen von den Infusionsnadeln, Druckstellen markieren Bereiche, auf denen er zu lange gelegen hat. Die Körperausgänge sind wund. Überall haben die Krankenschwestern Schläuche hineingesteckt, um Körperflüssigkeiten abzuführen, bevor diese den Körper vergiften. Er ist eine Mischung aus Maschine und Mensch, ähnlich einem Borg aus der Serie Enterprise. Nicht das eine und auch nicht das andere. In den Monaten ohne Bewegung haben sich die Muskeln abgebaut. Seine Arme und Beine sind schmal geworden. Die Haut spannt sich blass um den schmalen Körper, der seit vielen Wochen keine Sonne mehr gesehen haben. Das Neonlicht ist kalt, wie in einem Kühlschrank in dem Fox gelagert wird wie ein Stück Fleisch. Die Ärzte und Krankenschwestern pflegen ihn, damit er nicht verkommt, nicht verschimmelt wie feuchtes Brot in warmer Umgebung. Die Wangen sind eingefallen, seine Gesichtsknochen treten hervor und formen einen lebenden Totenschädel. Die Stoppeln seines Bartes zieren sein Kinn, das Zahnfleisch ist durch das ausbleibende Kauen zurückgewichen und lässt die Zähne länger erscheinen. Die Augen liegen tief in ihren Höhlen.

Für Sunday bleibt es ihr geliebter Mann. Sie will nicht von ihm lassen und bleibt treu an seiner Seite, Stunde für Stunde, wie an diesem Morgen als es klopft und im selben Augenblick ein junger Arzt eintritt.

„Morgen",

grüßt er Sunday unfreundlich, nimmt sich ungefragt einen Stuhl und rückt an ihre Seite zu nahe heran. Er scheint etwas besprechen zu wollen. Und er wartet auch nicht.

„Wie geht es ihnen?"

Ohne ihre Antwort abzuwarten, spricht er weiter.

„Sie haben in den letzten Monaten viel Zeit bei ihrem Mann verbracht. Die Schwestern sprechen sehr anerkennend über sie, wie sie sich hier aufopfern. Wir ziehen alle vor ihnen den Hut. Haben sie denn noch Kraft?"

Und wieder, ohne auf ihre Antwort zu warten, setzt er seinen Sprachfluss fort:

„Und da möchte ich auch gleich einhaken. Sie machen uns Sorgen, ob sie diesen Zustand noch länger aushalten. Sie leiden doch sehr. Und auch ihr Mann macht uns Kummer. Ihm geht es nicht besser, und wir überlegen deshalb, ob wir die lebenserhaltenden Maßnahmen einstellen."

Der Arzt hat Fragen gestellt, ohne ihre Antworten abzuwarten. Rhetorische Fragen, die keiner Antwort bedürfen. Er hat ihr keine Zeit gelassen zu antworten, denn er will keine hören. Er will sich keiner Diskussion stellen, weicht ihr aus, ist darin nicht geschult. Es ist ihm auch egal. Vielleicht muss er auch so handeln, weil die Aufgabe, mit der er hier im Zimmer sitzt, auch für ihn schwierig ist. Er überbringt eine Botschaft von Leben und Tod, die von einem Gremium aus Ärzten, Krankenschwestern, Pflegern, Juristen und Verwaltungsfachangestellten getroffen wird. Es gibt für ihn an diesem Morgen nur schwarz und weiß. Keinen Kompromiss, keine Brücke, sondern nur die Entscheidung. Ja oder Nein. Nicht mehr und nicht weniger. Eine Sachentscheidung, emotionslos, auf Fakten basierend, menschenverachtend, wirtschaftlich orientiert.

Sunday lehnt sich zurück und starrt den jungen Arzt fassungslos an.

„Wie bitte? Sie wollen meinen Mann töten?"

Scheinbar kalt und arrogant antwortet der junge Arzt:

„Sehen sie, ihr Mann liegt nun schon über ein halbes Jahr hier. Lange hatten wir die Hoffnung, dass er aus seinem Koma erwachen wird, aber es ist nichts passiert. Wir müssen davon ausgehen, dass die Schädigungen in seinem Gehirn durch den Autounfall zu groß sind, als dass sich das Gehirn noch erholen kann. Es wird für alle das Beste sein, wenn ihr Mann sich nicht mehr quälen muss und sie damit einen Neustart angehen können. Sie sind noch jung, attraktiv, da wartet noch viel Gutes auf sie in ihrem Leben. Und außerdem steigen die Behandlungskosten für ihren Mann mittlerweile über das hinaus, was die Krankenkasse leisten will, und zu guter Letzt brauchen wir das Bett, denn es gibt noch andere Menschen, die eine Chance verdient haben. Ihr Mann hatte die Chance, aber er ist nicht in der Lage diese zu nutzen. Sie sehen, es gibt viele Aspekte, die wir in unsere Entscheidung ernsthaft einbezogen haben. Wir haben uns diese Entscheidung nicht einfach gemacht. Bitte überlegen sie sich bis zum Wochenende, wie wir handeln sollen. Nur kann ihr Mann nicht länger hierbleiben."

Mit diesem Satz steht der Arzt auf, wünscht noch einen guten Tag und verlässt das Zimmer. Hinterlässt eine fassungslose Frau, Mutter, Ehefrau, die plötzlich und überfallsartig vor eine Entscheidung gestellt wird, die sie weder treffen will, noch kann. Zitternd schaut sie ihren Mann an und beginnt bitterlich zu weinen. Die ganze Zeit ist er zwar da, nicht ansprechbar, aber er ist da. Jetzt soll sie sich von ihm verabschieden und ihm sogar das bisschen Leben nehmen, dass er noch hat. Eine Entscheidung, die unmöglich getroffen werden kann. Sie trocknet sich die Tränen ab, gibt ihrem Mann einen Kuss auf die Stirn, so wie sie es immer tut, packt ihre wenigen Sachen und verlässt das Krankenhaus. Sie fährt langsamer an diesem Vormittag. Tausende Gedanken rasen durch ihren Kopf.

„Niemals, niemals!"

schreit sie im Auto und schlägt dabei immer wieder auf das Lenkrad ein, versenkt ihre Faust immer und immer wieder im leeren Beifahrersitz. Schleudert alles, was ihre wütenden Hände zu greifen bekommen quer durch den Wagen bis irgendwann nichts mehr da ist und sie sich schließlich schwer atmend mit zitternd Fingern eine Zigarette anzündet.

„Niemals werde ich die Maschinen abstellen."

Sie braucht jetzt jemand vertrautes zum Reden und biegt zu Tiffany ab. Als Sunday aussteigt weiten sich die Augen ihrer Freundin entsetzt, denn sie glaubt nun mit der Todesnachricht ihres Freundes konfrontiert zu werden. Die Frauen umarmen sich und Tiffany führt Sunday in das Wohnzimmer. Eine Zeitlang sitzen die Beiden zusammen auf der Couch, keiner sagt ein Wort, bis Sunday von ihrem Erlebnis mit dem Arzt berichtet. Tiffany entspannt sich etwas, denn die Todesnachricht trifft nicht ein. Noch nicht. Dafür aber ein angedrohter Tod, den sie jetzt irgendwie abwenden müssen. Lange besprechen sich die Freundinnen nicht. Beide wissen was zu tun ist.
Die Maschinen dürfen nicht abgestellt werden. Auf keinen Fall. Sie werden das Leben von Fox nicht irgendwelchen wirtschaftlichen Überlegungen opfern.

„Nur über meine Leiche",

sagt Sunday grimmig. Und auch wenn der Arzt nicht von einer Verbesserung gesprochen hat, so gibt es doch auch keine wesentliche Verschlechterung. Die Hoffnung auf ein Aufwachen ist noch nicht vorbei. Vielmehr geht es jetzt darum, einen Plan B zu entwickeln. Fox wird nach Hause kommen. Eine häusliche Pflege muss organisiert werden.

„Wie soll das nur gehen?"

schluchzt Sunday.

„Wie soll ich das alles allein schaffen? Meine Kinder vernachlässige ich, das Haus wird nicht mehr gepflegt werden, weil ich alles auf meinen Mann konzentrieren werde."

„Mach dir mal keine Sorgen",

sagte Tiffany tröstend,

„ich bin deine Freundin, ich bin für dich da, du musst da nicht allein durch."

Erneut umarmen sie sich und beginnen zu weinen. Lange halten sie sich fest, was Sunday ein wenig Nähe, Geborgenheit und Sicherheit gibt, die ihr in den letzten Monaten so sehr gefehlt hat. Sie hat nicht gemerkt, wie sehr sie es vermisst hat. Sie weiß jetzt wieder, sie ist nicht allein und ihre Freunde werden ihr zur Seite stehen, egal was kommt.

In den folgenden Tagen wird ein umfassendes Arbeitspaket geschnürt, damit Fox nach Hause umziehen kann. Tiffany wird sich vermehrt um die Kinder kümmern und einiges im Haushalt übernehmen, George übernimmt den Außenbereich des Hauses und Sunday hat Zeit, sich der Pflege von Fox zu widmen. Damit haben alle Aufgaben, die sie auch längerfristig durchführen können, ohne dass sie körperlich und seelisch ausbrennen. Es kann also beginnen. Die Freunde rücken näher zusammen. Sie werden sicherer in ihrem Tun, schaffen Entlastungen und bei all der zusätzlichen Arbeit finden sie immer wieder Zeit, sich auch um den anderen zu kümmern. Es kann und wird funktionieren.

Gebirge

Fox nimmt von all den Veränderungen um ihn herum nichts wahr. Er steht vor diesem riesigen schwarzen Gebirge und sucht eine Möglichkeit weiterzugehen. Direkt vor ihm baut sich eine mächtige schwarze Wand auf, sie zwingt ihn seitlich an ihr entlangzulaufen, denn es gibt keine Möglichkeit über sie hinweg zu klettern. Auf einmal geht es nicht mehr, das einfache Hinaufklettern von Bergen. Eine Eigenschaft, die bisher so mühelos funktionierte, ist weg. Die Steine des Gebirges sind einfach zu brüchig, zu glatt und er hat bei seinen ersten Versuchen gemerkt, dass er sich an den scharfen Gesteinssplittern schneidet und verletzt. Hitze, Kälte, Wüsten, Sümpfe und Tiere konnten ihm kein Haar krümmen. Doch jetzt schneidet er sich an einfachen Steinen. Es irritiert ihn, aber er kann es nicht einordnen.

Fox entscheidet sich dazu, erst einmal in Richtung Westen zu laufen, um einen Durchgang zu suchen. Viele Tage läuft er, aber die Wand nimmt einfach kein Ende. Auch in der Ferne ist kein Ende des Gebirges zu erkennen. Die Möglichkeit einfach um das Gebirge herumzulaufen, scheint es nicht zu geben. Es ist, als ob sich die Wand immer wieder verlängert, je länger er geht.

„Was soll ich nur tun? Stehen bleiben und warten bis alle Steine vom Gebirge herabgerieselt sind? Wie lange wird das wohl dauern? Jahre? Jahrzehnte? Jahrhunderte? Wird das jemals passieren? Ich könnte weiterlaufen, aber würde ich jemals einen Eingang ins Gebirge finden? Sollte ich mir selbst einen Weg durch diese Wand hacken? Womit soll ich das tun?"

Fox setzt sich auf einen Felsen und betrachtet das Gebirge.

„Woher kommt dieses Gebirge so plötzlich? Was kann das nur bedeuten?"

Doch ihm fällt nichts ein.

Auf der anderen Seite seines Kopfes, bei ihm zuhause hat die Pflege seines Körpers begonnen. Ein Körper, den er nicht spürt, der aber das Einzige ist, was seiner Frau, den Kindern und den Freunden geblieben ist. Ein Körper, der zu einem U-Boot mutiert ist. Seine Familie und Freunde bekommen die einzelnen Arbeiten immer besser in den Griff, sie entwickeln Routinen und spielen sich ein. Ihre Ängste vor dieser gigantischen Aufgabe verschwinden von Tag zu Tag mehr. Kleinere Krisen bewältigen sie mit einem Lächeln, für größere Probleme bauen sie sich ein Netzwerk auf, dass ihnen zur Seite steht. Fällt mal die Beatmungsmaschine aus, wissen sie Ersatz, entstehen wunde Stellen am Körper, schließen sie diese schnell. Wieder vergehen Wochen, in denen sie gut an seiner Hülle arbeiten und so Fox am Leben halten, während dieser tief in seinem Inneren immer noch vor der Felswand steht und nicht weiß, was er tun soll.

Sunday wird eine Meisterin der Pflege, nimmt kleinste Veränderungen bei ihrem Mann sofort wahr und weiß was zu tun ist. Schon im Krankenhaus sind ihr viele Dinge aufgefallen. Es gibt Zeiten da schwitzt er, an anderen Tagen friert und zittert er oder seine Augen zucken wie in einem Traum. Manchmal hat er Wasser auf seinen Beinen oder seine Füße sind trocken und rissig. Was sie nicht weiß ist, dass Fox durch die verschiedensten Regionen gewandert ist, Flüsse durchschwommen, Wüsten durchwandert hat und sich die Auswirkungen äußerlich immer auch auf seine Haut auswirken. Die Ärzte im Krankenhaus hingegen führen dies auf das geschädigte Gehirn zurück. All diese Beobachtungen seien nur Ergebnisse von Fehlfunktionen und hätten nichts zu bedeuten. Doch Sunday glaubt nicht daran. Sie hat im zunehmenden Maße den Eindruck, als ob Fox irgendetwas tut, auch wenn sie nicht weiß, was es ist. Ihr fällt auf, dass seine Aktivitäten, wenn man dies so nennen will, seit ein paar Tagen weniger werden. Die kleinen Risse an seinen Händen, die sich vor einiger Zeit gebildet haben, sind wieder verheilt. Als ob er stehen geblieben ist und wartet. Nur worauf?

Fox ahnt nicht, dass seine Erlebnisse über seine Haut nach außen in eine andere Welt transportiert werden. Seine Haut ist die Brücke und gleichzeitig die Barriere zwischen den Welten. Es ist, als ob sich eine dritte Welt eingeschlichen hat. Die Innenwelt, die Außenwelt und die Schnittstelle, seine Haut, sein Kommunikationsorgan.

Und Fox sitzt weiter vor der Wand und grübelt. Hinüberklettern funktioniert nicht. Alles, was möglich ist, hat er probiert, ohne Erfolg. Hindurchgehen ist aufgrund fehlender Türen, Spalten oder Tore auch nicht möglich. Außen herum laufen hat er versucht und ist gescheitert. Fliegen kann er nicht mehr und ein Maulwurf ist er auch nicht. Was also bleibt ihm anderes übrig, als hier zu sitzen und zu warten. Warten auf ein Ereignis, von dem er nicht weiß, ob es eintreten wird, macht Angst. Manchmal keimt sie auf. Ist es das Ende? Und wenn ja, wovon? Was würde als Nächstes passieren? Die Furcht kommt und geht, lähmt ihn und lässt ihn wieder los. Sie überschwemmt ihn und spuckt ihn wieder aus. Die Furcht ist der Wal und er ist Jona, der ständig verschluckt und wieder ausgespuckt wird.

KÖRPERKONTAKT

Eines Nachts wacht Sunday auf. Es ist gerade zwei Uhr morgens. Sie hat geträumt, dass sie bei ihrem Mann sei. Sie hat von Nähe, von Wärme und Geborgenheit geträumt. Sunday steht auf, sie hat das Gefühl jetzt bei ihm sein zu müssen. Fox hat seinen Schlafplatz im Wohnzimmer. Dort ist genügend Raum für die Pflege und die piependen und rauschenden Maschinen stören nicht Sunday, die die Zeit zur Erholung bitter nötig hat. Für Notfälle liegt der Pieper direkt an ihrem Bett.

Sie setzt sich an das Bett ihres Mannes und streichelt seinen Arm. Sehnsüchtig schaut sie ihn an. Sie möchte sich so gerne mit ihm unterhalten, läge so gerne unter seiner Decke, damit er sie halten kann.

„Warum tue ich es nicht einfach?"

Seit vielen Monaten hat sie dieses Gefühl nicht mehr gespürt. Wenn er sie nicht halten kann, dann muss sie es tun. Dunkel ist es im Haus. Die Kinder schlafen schon und Tiffany ist bei ihrer Familie. Sie ist allein.

„Darf ich das? Egal! Ich habe ihn bis hierin gepflegt, ich habe ihn aus dem Krankenhaus geholt damit er weiterleben kann und wir haben gemeinsam unsere Familie gegründet. Welches Tabu sollte es also zwischen uns geben? Er hat schon alles von mir gesehen und ich alles von ihm. Es gibt keine Geheimnisse mehr zwischen uns, die wir verbergen müssten."

Sie zieht sich ihr Schlafhemd aus und legt sich nackt neben Fox unter die Decke. Vorsichtig vorbei an den Schläuchen und Kabeln kuschelt sie sich eng an ihn und legt Arme und Beine um seinen Körper. Sie will ihn halten und spüren, mehr nicht. Es geht nicht um Sex, um das Eindringen in einen anderen Körper oder das Aufnehmen eines anderen Körpers. Es geht um Nähe. Fox zittert leicht, als ob er ihre Nähe spürt und seine kalte Haut erwärmt sich etwas.

„Unser Sex ist vor dem Unfall monoton gewesen, langweilig, beliebig. Wir haben miteinander geschlafen, weil es dazu gehört zu einer Beziehung. Aber wollten wir es wirklich? Jetzt würde ich gerne mit meinem Mann schlafen, würde ihn gerne in mich aufnehmen, spüren wenn er kommt, wenn er seinen Samen in mir abgibt. Er liegt vor mir, wehrlos, wie ein kleines Kind. Aber ich kann ihn berühren, kann ihn riechen, spüre seine Wärme. Und vielleicht ist das auch schon mehr, viel mehr, als andere Paare haben, die nur noch nebeneinanderher liegen.“

WAND

Zur selben Zeit sitzt Fox auf einem kleinen Felsen vor der Wand.

„In all den Monaten meiner Wanderung habe ich nie wirklich über meine Frau nachgedacht. Sie war immer dabei, ohne dass ich sie sonderlich beachtet habe. Ich habe sie nicht vergessen, aber bisher habe ich sie auch nicht vermisst. Ich war so sehr mit mir beschäftigt, dass ich einfach kein Raum dafür fand. Ich habe es, glaube ich, aber auch nicht gewollt. Mein Gott, was bin ich nur für ein Ehemann? Ich habe meine Frau lange nicht beachtet, habe es als normal angesehen, dass sie da ist.“

Auf einmal tut es ihm furchtbar leid und er hätte es ihr so gerne gesagt. Er senkt den Kopf und eine Träne fällt auf den Felsen unter ihm. Sie zerplatzt auf dem Stein und viele kleine Tröpfchen verteilen sich ringförmig um die Aufschlagstelle.

„Irgendwie habe ich das Gefühl, als ob sie mir gerade sehr nahe ist. Diese Gefühle habe ich lange nicht gespürt. Beobachtet sie mich? Kann sie mich sehen?“

Er schaut sich um, doch er kann sie nicht sehen. Er geht ein paar Schritte, schaut hinter Felsen, hinter Büsche, steigt auf eine kleine Anhöhe, um einen besseren Überblick zu haben. Sie ist nicht da. Doch er spürt sie, als stünde sie direkt neben ihm. Sunday besetzt gerade seine gesamte Aufmerksamkeit.

„Ich vermisse sie so sehr, ihre Wärme, ihre Herzlichkeit, ihr Lachen, ihren Körper, ihre Liebe, einfach alles an ihr. Auch ihre kleinen Macken, dass sie ihre Wäsche immer erst faltet, wenn sie sie in die Dreckwäsche wirft, oder dass sie beim Laub zusammenfegen, immer erst viele kleine Häufchen produziert, diese dann zu einem großen Haufen zusammenrecht, um diesen dann zu entsorgen, anstatt gleich alles wegzuschmeißen. Oder beim Kochen, wenn sie jedes Teil sofort nach seiner Benutzung abwäscht, anstatt alles zusammen-

zulegen und es in einem Rutsch zu waschen. Es nervt mich, aber das ist eben meine Sunday. Wo mag sie nur sein?"

Es scheint, als ob sie nie da gewesen wäre. Ist sie gestorben? Und wann ist das passiert? Wo ist sie beerdigt? Und die Kinder, sind sie auch fort? Wo sind sie die ganze Zeit gewesen? Und überhaupt, was ist mit seinem Haus, seinen Freunden? Und warum hat er die ganze Zeit nicht daran gedacht? Sie haben ihm nicht mal gefehlt. Fox kommt sich schlecht vor, wie ein Verräter. Ihm wird übel, als er über sich nachdenkt.

„Oh Gott, wo bin ich nur? Was mache ich hier? Und wie bin ich hierhergekommen?"

Er wird immer unruhiger, kann nicht mehr sitzen bleiben und rennt wie von einer Tarantel gestochen hin und her. Er hat das Gefühl wahnsinnig zu werden. Er verliert zunehmend die Beherrschung über seinen Körper. Immer schneller rennt er ziellos umher und beginnt jetzt auch Geräusche von sich zu geben. Erst ist es ein schweres Atmen, das immer hektischer wird, sich in ein Stöhnen verwandelt bis der erste Schrei sich löst und er nicht mehr aufhören kann zu schreien. Er schreit und schreit immer weiter bis seine Stimme versagt. Erschöpft fällt er auf die Knie und bricht in Tränen aus. Seine Kraft ist zu Ende und die Erschöpfung übermannt ihn. Zum ersten Mal nach der ganzen Zeit. Doch der Schlaf ist nur von kurzer Dauer.

Fox schaut wieder zur Wand, die er bereits seit Tagen anstarrt. Sie sieht aus wie immer, nichts hat sich verändert, außer dass die Steine an einer Stelle gerade schneller herabrieseln, als sie es vorher getan haben. Sie bewegen sich auf ihn zu. Fox weicht zurück, als sich die kleine Lawine nähert. Er muss aufpassen, nicht von ihr begraben zu werden, seine Füße werden bereits von kleinen Steinen überspült. Als der Strom endlich zur Ruhe kommt und der Staub sich gelegt hat, sieht er eine klaffende Öffnung, ein Weg ins Gebirge. Der Berg hat sich geöffnet. Das Warten hat ein Ende. Fox springt auf, macht sich auf den Weg. Dort ist er, der Durchschlupf, den er suchte und bisher nicht finden konnte. Er klettert den Schuttberg hinauf und obwohl er immer wieder abrutscht und manche Abschnitte mehrmals angehen muss, erreicht er die Öffnung. Diesmal schneidet er sich nicht an den scharfkantigen Steinen, ihm gelingt der Aufstieg.

Er tritt in das Tor. Hinter dem Eingang erstreckt sich ein Tal. Kleine Baumgruppen im Tal bieten schattenspendende Oasen. Blumenwiesen, in denen die kleinen grünen Büsche wie Inseln schwimmen, reichen soweit seine Augen schauen können und ein breiter Bach schlängelt sich träge durch die Ebene wie eine große, satte Schlange. Das Tal scheint unbewohnt. Es gibt keine Häuser, keine Ortschaften, keine Straßen, nicht einmal einen Trampelpfad. Es scheint eine Miniaturausgabe dessen zu sein, was Fox in den letzten Wochen und Monaten durchwandert hat.

Die Welt, die er durchwandert hat, ist in diesem Tal. Die Wüsten sind Sandbänke, Moore reduzieren sich auf Senken, Meere werden zu Teichen, Gebirge werden zu sanften Hügeln, Wälder sind Baumgruppen und Ströme werden zu Bächen. Große Säugetiere, wie Hirsche, Wölfe, Löwen oder Giraffen fehlen, dafür sind hier Insekten in allen Größen, Farben und Formen. Es ist wie eine Zusammenfassung seiner Reise, ein Epilog in einem Roman oder ein Abstract einer wissenschaftlichen Abhandlung, in dem noch einmal alles in Kurzform genannt wird.

Und Fox erinnert sich an seine Reise, an die vielen Landschaften, die er durchwandert hat. Er sieht die Sandbank im Fluss und durchläuft im Geiste noch einmal die Wüsten, spürt, wie die unbarmherzige Sonne, die Trockenheit und Hitze auf ihn gewirkt haben. Er durchschwimmt noch einmal die Meere, als sein Blick auf die Teiche fällt und er spürt jetzt, wie das Salzwasser seinem Körper das Wasser entzieht, wie mühsam es ist gegen jede Welle anzuschwimmen. Seine Augen betrachten die sumpfigen Senken und Fox spürt die vergangenen Mückenschwärme auf seinem Körper. Beim Anblick der Baumgruppen durchwandert er endlose Wälder, spürt, wie die Orientierungslosigkeit in ihm aufsteigt. Er friert im Schatten des Waldes, hört das Knacken von Holz, das Rieseln der Blätter, das Singen der Vögel. Aber die Angst vor dem dunklen Wald, in dem hinter jedem Baum auch eine Gefahr stehen kann, steigt erst jetzt auf, nicht damals. Hier steht er und beginnt zu fühlen und es fröstelt ihn beim Gedanken daran, wie er mit sich selbst umgegangen ist.

„Ich habe sie genossen, diese Wanderung. Ich habe die guten, schönen, interessanten Seiten meiner Welt gesehen. Ich habe mich genährt an der Natur. Aber die Welt ist nicht nur bunt, friedvoll und spannend. Die Welt ist auch verderben, leid und sterben. Beides gehört zusammen, wie Jing und Jang, aber ich habe es nicht gesehen, wollte es auch nicht sehen. Wie so oft war ich blind für das, was um mich herum geschieht."

ZIEL

Die Berghänge auf dieser Seite des Tales sind schwarz. Nichts unterscheidet sie von dem, was Fox auf der anderen Seite in sich aufgenommen hat. In der Ferne jedoch kann Fox an einem Berghang etwas erkennen, was nicht schwarz ist, sondern eine bräunliche Farbe zu haben scheint. Es ist der einzige Farbunterschied an den Hängen in diesem eigenartigen Gebirgstal. Es ist, als ob es ein Spotlight an diesem Hang geben würde, so als ob irgendjemand einen großen Scheinwerfer dorthin ausgerichtet hat, um diesen Punkt zu beleuchten. Dorthin zieht es den Wanderer und etwas tief in ihm weiß das es das Richtige ist. Es macht ihn neugierig. Dieser Farbfleck, den er nicht genau erkennen kann, scheint sein Ziel zu sein und er spürt tief in sich drin, dass seine Reise dort enden wird. Das Ziel, dass er bisher nicht kannte, wird dieser Fleck in der Ferne.

„Warum ausgerechnet hier? Ich laufe Kilometer um Kilometer seit vielen Wochen und dann soll eine Farbveränderung an einem Berghang mein Ziel sein? Ich habe so viele Farben gesehen auf meinem Weg, habe mir die Blüten aller Blumen angesehen, habe Landschaften gesehen, die farblich nicht unterschiedlicher hätten sein können. Ich stehe vor einem Gebirge, dass im Sonnenlicht in allen Farben des Regenbogens schillert, aber das Ziel ist ein kleiner unscheinbarer Fleck am Berg?"

Noch einmal schaut sich Fox um, sieht von seiner Anhöhe aus, die Landschaften, durch die er gelaufen ist, die verschiedenen Gebiete mit ihren Eigenarten und Gefühlen. Dann dreht er sich zum Tal um und steigt langsam hinab. Sein Weg und vor allem sein Ziel sind jetzt klar, wenn er auch nicht weiß, weshalb.

UNTERSCHIEDE

Es ist dieser feine Unterschied, den wir erst erkennen, wenn wir viel gesehen haben. Je weniger wir kennen, umso deutlicher müssen die Unterschiede sein, damit wir sie voneinander trennen können. Zu Beginn sehen wir nur schwarz und weiß. Mit der Zeit erkennen wir schwächeres schwarz und schmutzigeres weiß. Es mischen sich Grautöne in die Farbpalette. Die Farben treten hinzu und wir erkennen zuerst nur satte Farben. Dann kommen die Pastellenen hinzu und wir erkennen die Unendlichkeit in den Unterschieden. Wie in der Musik. Klare, saubere Rhythmen sind leicht erkennbar. Irgendwann treten kompliziertere Tonfolgen hinzu und gestallten neue Bilder. Die Musik, die Farben, können immer umfangreichere Sachverhalte darstellen, werden komplexer. Ein Ende ist nicht erkennbar, da eine Mischung immer umfangreicher werden kann. Je tiefer wir einsteigen, je mehr wir sehen, umso mehr können wir lernen, begreifen und erfahren.

Alles bedarf Zeit und je älter wir werden, desto deutlicher wird die Komplexität des Seins. Wir verrennen uns, irren umher, verstricken uns in der Kompliziertheit des Lebens, versuchen lose Enden miteinander zu verknüpfen, strampeln, um uns immer wieder aus dem Chaos zu befreien, die eigene Linie zu finden. Einen Trampelpfad, durch unser Leben zu suchen, um unsere Ziele zu erreichen, das Gute zu spüren und das Schlechte so klein wie möglich zu halten.

Manchmal ist es das kleine Detail, das Unscheinbare, das wonach wir suchen sollten. Wir glauben den großen Dingen hinterher laufen zu müssen, dabei liegen die kleinen Besonderheiten überall herum, aber wir übersehen sie, weil unser Blick, unser Gehör noch nicht entwickelt ist.

Genauso ergeht es Fox, er hat viel gesehen, viel gehört, viel beobachtet und viel wahrgenommen. Seine Sensoren wurden trainiert,
sind feiner geworden. Jetzt kann er die kleine farbliche Abwei-
chung am Berghang sehen. Sie kommt ihm heute überdeutlich
vor, springt ihm förmlich ins Auge, dabei ist sie nur eine Farbnu-
ance. Sie macht ihn neugierig, weil sie sein Gesamtbild verändert.
Sie spricht ihn an, ohne dass er weiß, weshalb. Im schlechtesten
Fall ist es nur eine farblich unterschiedliche Bodenschicht, die
dort am Hang zu Tage tritt. Vielleicht wird er dann weiter gehen,
um zu sehen was noch kommt. Vielleicht aber wird dort doch
auch alles ganz anders sein.

Sunday hat diese Nacht bei Fox geschlafen, ganz ruhig neben ihm gelegen und auch Fox schien viel entspannter zu sein als in den Tagen zuvor. Als sie um sechs den Wecker aus dem Schlafzimmer klingen hört kriecht sie rasch aus dem gemeinsamen Bett, drückt ihrem Mann einen liebevollen Kuss auf die Stirn, zieht sich an, läuft zum Schlafzimmer, um den Wecker abzustellen und geht dann ins Badezimmer, um sich für den Tag vorzubereiten.

„Ich muss leise sein. Die Kinder sollen nichts merken, das gibt nur Gerede. Es ist meine Nacht mit Fox. Niemand darf davon erfahren. Es wird sowieso keiner verstehen. Vielleicht nicht einmal mein Mann, wenn er denn jemals wieder aufwacht. Es ist so schön, neben ihm liegen zu können, ihn zu spüren, auch wenn er wie ein Stück Holz ist. Aber der arme Kerl kann ja nichts dafür. Ich liebe ihn so wie er ist. Und ich brauche ihn auch jetzt."

Ihr sind ethisch-moralische Diskussionen unwichtig. Sie braucht etwas und sie merkt, dass auch Fox darauf reagiert. Nachdem sie gewaschen und angekleidet ist, weckt sie ihre Kinder und bereitet das Frühstück. Gleich kommt Tiffany und ihr neuer Alltag beginnt. Ihre Freundin soll nicht erfahren, was sie nachts gemacht hat. Ein paar Geheimnisse sind einfach notwendig, die sie nur mit Fox teilen will.

„Ich werde sie im Herzen bewahren und hüten wie ein Schatz. Jede Minute, jede Nacht an seiner Seite, werde ich zu meinen Nächten machen, die ich für mich bewahren werde."

Derweil ist Fox die Seite des Berges hinuntergelaufen und hat den Grund des Tales erreicht. Er verspürt Durst, zum ersten Mal seit langer Zeit. Vor ihm liegt der langsam fließende Fluss. Er formt seine Hände zu einer Hohlform und taucht sie in das kühle Nass. Das Wasser läuft ihm durch die Hände. Er führt es zum Mund

und trinkt. Bewusst spürt er wie das Wasser seine Kehle herabfließt und eine kühle, wohltuende Spur hinterlässt. Es fließt in seinen Magen, sammelt sich dort und erwärmte sich langsam, bis es die gleiche Temperatur wie sein Körper hat. Dann scheint es zu verschwinden, sein Körper hat das Wasser aufgenommen. Es ist nur ein Schluck Wasser, aber es gibt ihm Kraft.

Dennoch merkt er, wie müde er ist. Er schaut an sich runter und erschrickt. Erst jetzt wird ihm klar wie ausgemergelt er ist. Doch er steht im Tal und hat sein Ziel vor Augen. Er fühlt Angst aufsteigen. Der bisherige Weg hat seinen Tribut gefordert. In der ganzen Zeit hat er zwar gelernt, hat Farben und Gefühle in sich aufgenommen, hat sich scheinbar an ihnen genährt und ist nun sensibler, aber seinen Körper hat er darüber vergessen, hat vergessen ihn aufzutanken. Es ist nicht so, dass er körperliche Bedürfnisse gespürt hätte. Da war einfach nichts. Immer mehr Angst steigt jetzt in ihm hoch, ob er sein Ziel auch erreichen wird. Zumindest wird er es nicht in seinem aktuellen körperlichen Zustand erreichen.

„Der Fluss wird mir die Kraft zurückgeben, die mir fehlt."

Es ist, als ob jemand seinen Körper wieder aufblasen muss, ihm die Spannung zurückgeben, die er benötigt. Es ist ein erster Schluck und ein erster Schritt. Dem müssen jetzt noch weitere folgen. Er braucht Zeit, es treibt ihn ja keiner. Diese Zeit bewusst für sich zu nutzen, erscheint wichtiger denn je. Also bleibt er an Ort und Stelle, schafft sich eine kleine Mulde, in die er sich legt, um zu ruhen, wie ein Hase. Nach Regen sieht es hier nicht aus, also verzichtet er auf ein Dach. Er bleibt einfach unter dem blauen Himmel im saftig grünen Gras liegen, lauscht dem Gurgeln des Wassers, dem Säuseln des Windes, dem Summen der Insekten.

Sunday pflegt Fox kontinuierlich weiter. Sie wäscht ihn, um Verklebungen, Schweiß und die ausgeschwitzten Salze von seiner Hautoberfläche zu entfernen. Dabei hat sie den ganzen Körper im Blick. Es sind intime Minuten, die für sie nicht zur Routine werden. Es sind die Zeiten im Tagesverlauf, in denen sie mit Fox allein ist. Sie schickt dann Tiffany und ihre Kinder aus dem Wohnzimmer. Für sie sind diese Minuten heilig und sie will ihn und sich schützen. Seine Nacktheit darf nicht öffentlich werden, er ist kein Stück Fleisch, was sich alle anschauen, was man morgens abwäscht, damit es nicht zu schimmeln beginnt. Nein, es ist der Körper mit dem Sunday zwei Kinder gezeugt hat, der tausende Mal neben ihr gelegen und ihr Wärme gespendet hat, den sie berührt und liebevoll hält. Den sie schützt und verteidigt, wenn es nötig ist. Der für sie und die Familie gearbeitet hat, damit alle leben können. Sie ist seine Frau, sie allein darf ihn anfassen.

Die Ärzte und Krankenschwestern sind in ihren Augen übergriffig. Sie müssen es tun. Sie dringen ein in die Privatsphäre eines jeden Patienten. Natürlich machen sie ihren Job und sie machen ihn gut, aber es ist ihr Mann und für die Angestellten des Krankenhauses ist er nur ein Patient, eine Nummer, nur ein täglicher Arbeitsposten, der einer bestimmten Pflege unterzogen wird, damit er überleben kann. Dort darf nicht gestorben werden, also ist die Marschrichtung klar. Letztlich versorgt Sunday ihn hier sehr ähnlich, wie das Personal im Krankenhaus. Bei ihr ist allerdings das Gefühl der Nähe dabei, der Liebe, die den Unterschied macht. Es ist die Liebe, die nur das Beste für ihn will und das kann auch der Tod sein, wenn dies die Lösung von allen Qualen wäre.

Aktuell nimmt sie vermehrt Veränderungen am Körper von Fox wahr. Er scheint sich zu verändern. Im Krankenhaus und in der ersten Zeit zu Hause wurde er immer schwächer und blasser, nun hat er begonnen eine gesündere Farbe anzunehmen. Seine Haut wird rosiger, die Hände sind nicht mehr so kalt und blass und die Füße werden besser durchblutet, obwohl sich ihre Pflege nicht geändert hat. Das, was sich aber geändert hat, ist die Nähe, die Fox und Sunday miteinander jetzt teilen. Fox eher unbewusst, dafür Sunday sehr bewusst, in dem sie sich nachts, wenn alle schlafen, nackt zu ihm legt und ihn wärmt. Es ist die Geborgenheit einer liebenden Frau, die sie ausstrahlt und Fox scheint darauf zu reagieren. Er braucht ihre Nähe. Die Nähe zu geben, fällt ihr leicht. Sie hat immer noch nicht die Hoffnung aufgegeben, dass er eines Tages wieder zu ihr sprechen, sie berühren und vielleicht küssen wird.

Im Tal hat Fox gewartet, er ist nicht sofort losgelaufen, um sein Ziel zu erreichen. Er hat beschlossen zu bleiben, zu trinken und zu pausieren, Kräfte zu sammeln, für die letzte Etappe seiner Reise. Früchte sind um ihn herum reichlich vorhanden und sie scheinen alle gleichzeitig reif zu sein. Er behält sein Ziel im Auge, beobachtet die Umgebung, und pflegt seinen Körper. Er hat das Gefühl, dass er für die anstehende Aufgabe Kraft braucht, die ihm im Augenblick noch fehlt. Sein Körper ist in einem schlechten Zustand. Überall sind kleine Verletzungen, die teilweise eitern, seine Füße sind rissig, seine Haare reichen auf die Schultern, die Fingernägel sind lang und verdreckt. Seine Kleidung ist zerrissen und schmutzig. Seine Augen sind gerötet, seine Lippen spröde vom Durst. Blaue und grüne Flecken zieren seinen Körper, seine Gelenke sind heiß und entzündet. Er sieht aus wie eine Leiche, die bereits zerfällt

„Was ist nur mit mir geschehen? Wieso habe ich nicht bemerkt, was ich meinem Körper antue? Habe ich mich selbst verloren? Bin ich mir selbst fremd geworden? Irgendwas wiederholt sich hier. Nur was? Ich sehe aus, als sei ich bereits gestorben.“

Er muss sich eingestehen, dass er verantwortungslos durch die Landschaften gelaufen ist und nur auf das Aufnehmen, Abspeichern und Lernen fixiert war. Es ist wie ein Film, den er mühelos durchlief, weil er alle Bedürfnisse ignoriert und verdrängt hat. Von der anderen Seite betrachtet, hat er das aufgeholt, was er bisher in seinem Leben vernachlässigt hat: sich zu nähren, sich zu füllen mit Eindrücken, seinen Geist zu beleben, der ein blasses Dasein fristete, weil er keine Nahrung bekam. Das hat er auf seinem

Weg bis zum schwarzen Gebirge getan und dabei vergessen auf seinen Körper zu achten. Er missachtet den menschlichen Dreiklang von Körper, Geist und Seele. Mal nährte er das eine, mal das andere, aber es war nie ausgeglichen. Er war wie in einem Rausch und vergaß dabei seinen Körper. Er hatte die Balance verloren. Irgendetwas musste jetzt passiert sein, dass ihm dieser Aspekt seines Seins wieder wichtiger erscheint. Was es gewesen ist, weiß er nicht. Was bleibt ist die Erkenntnis, dass er eine Pause braucht. Und er fühlt sich nicht schlecht dabei, sich genau das zu nehmen. Ein egoistischer Aspekt seines Wesens, der ihm neu ist und nicht unangenehm. Es hat etwas Warmes, er kann es nicht greifen, doch es fühlt sich richtig an. Irgendwas muss in ihm sacken, sich festigen, eine neue Basis bilden, auf der er aufbauen kann. Es erscheint ihm, dass er diese Basis für den kommenden Weg braucht. Die Basis ist er selbst. Er beginnt sich selbst ein wenig mehr Wert zu schätzen.

ETAPPENSCHLUSS

Nach einigen Tagen geht es ihm besser. Die Wunden sind geschlossen, die Füße schmerzen nicht mehr. Die Haare hat er sich gekürzt, die Fingernägel geschnitten und seine Kleidung ausgebessert, soweit das hier draußen möglich ist. Sein körperlicher Zustand bessert sich von Tag zu Tag, er hat auch etwas zugenommen. Seine Kräfte kehren langsam zurück. Es wird Zeit für die letzte Etappe seiner Reise.

Er macht sich auf den Weg. Dabei muss er nur dem Fluss folgen. Das Tal ist größer als er dachte. Er läuft einige Tage seinem Ziel entgegen, immer darauf bedacht genügend Pausen einzuhalten, um sich zu schonen, da er befürchtet, dass der schwierige Teil erst noch kommt. Nachts hat er immer wieder Träume, in denen er Berge besteigen musst. Die Berge sind steil, die Hänge rutschig und Gletscherfelder versperren den Weg nach oben. Immer wieder muss er in seinen Träumen aufpassen, dass er nicht in eines der Gletscherlöcher fällt. Er weiß, dass er daraus nicht mehr herauskommen kann. Er ist allein hier und niemand wird ihm helfen. Selbstzweifel nagen an ihm und er versucht sie zu bekämpfen, mal erfolgreich, mal nicht. Schließlich bleibt er stehen und betrachtet die Berge, die das Tal umschließen.

„Hier rieselt gar nichts,"

bemerkt Fox, als er am Uferrand des Flusses stehen bleibt, um einen Schluck Wasser zu trinken.

„Nicht so, wie auf der anderen Seite des Gebirges, wo ständig Steine herunterfielen. Hier scheint alles stabil zu sein. Und der Berg scheint trotzdem nicht schmaler zu werden. Er ist etwas Mystisches. Mir erscheint alles so real, zuweilen wieder irreal und wie im Traum, nur dass ich doch hier bin. Ich verstehe es nicht."

Sunday bemerkt von Tag zu Tag wie sich sein körperlicher Zustand verbessert. Jede Nacht schleicht sie sich ins Wohnzimmer, entkleidet sich und schläft, eng an ihrem Mann gekuschelt, neben ihm ein. Und jeden Morgen beeilt sie sich, damit niemand erfährt, was sie nachts tut. Es ist ihr Geheimnis, welches sie verbirgt, was sie schützt. Und es scheint ihm gut zu tun, alles andere zählt für sie nicht. Jeden Tag sieht er ein kleines bisschen besser aus. Und nicht nur Fox geht es besser, auch Sunday wirkt entspannter. Und es befeuert ihre Hoffnung auf eine Zukunft mit ihm in Kommunikation, Nähe und Liebe. Selbst Tiffany fällt es auf. Sie schiebt es auf die liebevolle Pflege ihrer Freundin, nichts ahnend, dass es viel mehr ist. Sie belässt es bei Berührungen und beobachtet seine Reaktionen. Es ist nicht so, dass sie keine Lust verspürt, aber Geschlechtsverkehr will sie nur, wenn Fox bewusst einwilligt. Dabei will sie ihm in die Augen schauen, sehen wie seine Lust anstieg, bis beide den Gipfel erreichen und im letzten Moment die Augen schließen, um das Gefühl ganz zu spüren. Dann öffnen sie wieder die Augen und lächeln sich an. Sie trennen sich nach einigen Augenblicken voneinander, um nebeneinander zu liegen, sich zu halten und sich zu streicheln. Meist sind sie dabei still, genießen und spüren dem Augenblick nach, bis sie einschlafen.

STADT

Das Wetter im Tal ist gut. Er kommt gut voran und erreicht wenige Tage später den Fuß des Berges, auf dem er aus der Ferne den andersfarbigen Fleck gesehen hat. Je näher er gekommen ist, umso mehr zeichnen sich Konturen ab und mit Staunen erkennt er, dass es sich um eine kleine Stadt handelt, die auf einem Bergvorsprung errichtet wurde. Größere Häuser stehen dort neben Kleineren. Eine Straße oder eine Treppe hinauf kann er nicht finden. Mittlerweile steht er unterhalb der Siedlung, die ein wenig ins Tal über ihm hineinragt und jetzt sieht er den ersten Menschen seit langer Zeit. Einen alten Mann mit faltiger Haut und einem langen weißen Bart. Dieser Mann hat eine drahtige Figur und strahlt eine tiefe Ruhe aus. Neben ihm hängt ein Seil vom Berg, das direkt zur Stadt hochführt. Doch wie soll Fox dahin gelangen? Er ist kein guter Kletterer.

Fox nähert sich dem Mann, der an dem Seil steht und spricht ihn an:

„Ich würde gerne in die Stadt gelangen. Wie kann ich das tun?"

Der alte Mann lächelt sanft, zieht kurz an dem Seil, das sich langsam in Bewegung setzt. Von oben kommen zwei am Seil befestigte Schlaufen herunter. Unten angelangt muss Fox den Fuß in die untere Schlaufe stellen und sich mit beiden Händen an der oberen Schlaufe festhalten. Dann zieht das Seil an und er wird nach oben gezogen, wo ein weiterer alter Mann auf ihn wartet. Er scheint der Zwilling von dem Mann am Fuße des Berges sein.

„Ich bin angekommen, endlich!"

Fox atmet tief durch.

„Wie lange ich wohl unterwegs war? Ich habe völlig die Zeit verloren,"

denkt Fox.

„Du bist neun Monate gewandert,"

sagt der alte Mann oben in der Stadt, als Fox neben ihm steht. Fox sieht ihn überrascht an, denn er hat seinen Gedanken nicht laut ausgesprochen.

„Jetzt komm, ich führe dich zu deinem Zimmer."

Der alte Mann setzt sich in Bewegung. Er geht mit ihm in die Siedlung und zeigt diesem sein kleines, schmuckloses Zimmer in einem Haus am Ende der Straße. Unterwegs begegnen sie einigen wenigen Menschen, die nachdenklich an ihnen vorbei gehen, die meisten tragen Bücher unter dem Arm. Keiner grüßt, die meisten schauen nicht mal auf. Sie hängen alle ihren Gedanken nach. Es sind die unterschiedlichsten Menschen und Fox kann keinen wirklichen Typen erkennen, den es hierhin verschlagen hat. Zuerst erschreckt er noch, weiß er doch in welch abgerissenem Zustand er hier angekommen ist. Aber auch die anderen Menschen hier sehen nicht viel besser aus. Sie alle haben einen anstrengenden Weg hinter sich.

Das Zimmer ist einfach gehalten, klosterähnlich. Ein Bett, ein Stuhl, ein kleiner Tisch und eine kleine Nasszelle zum Waschen. Nachdem der alte Mann Fox den Schlüssel zum Zimmer ausgehändigt hat, führt er ihn wieder aus dem Haus hinaus und steuert auf ein anderes Haus, direkt am Berg, zu. Die hintere Hälfte scheint in den Berg hineingebaut worden zu sein. Nacheinander treten sie ein. Auf der anderen Seite des Vorraumes befindet sich eine weitere Tür. Sie öffnen sie und stehen mitten im Berg. Fox schnappt nach Luft, unfähig das vor ihm liegende zu begreifen. Der Berg ist vollkommen hohl und beinhaltet eine gigantische Bibliothek. Er steht mit offenem Mund und hat keine Worte, um zu beschreiben, was dieser Anblick mit ihm macht. Es müssen tausende Regale sein mit Millionen Büchern, unendlich vielen Wörtern mit noch viel mehr Buchstaben. So etwas hat er noch nicht gesehen. Er kennt Fotografien von großen Bibliotheken in New York, Amsterdam oder Berlin, aber diese erscheinen ihm winzig im Vergleich zur Menge an Literatur, die hier vor ihm liegt.

Im unteren Bereich befindet sich eine scheinbar endlose Fläche von Tischen mit kleinen grünen Lampen. Auf vielen Tischen liegen Bücher, aber niemand der mit ihnen arbeitet. Sie liegen verlassen auf den Tischen. Nach oben hin erstrecken sich zahlreiche Ebenen, aufeinandergestapelt wie in einem Hochhaus. Die oberste Ebene ist nur in der Ferne zu sehen. Alle Ebenen sind mit Treppen verbunden. Ihm wird beim Anblick schwindelig, so hoch geht es hinauf. Er muss sich setzen. Seinen Blick richtet er wieder auf die Tische, die vor ihm stehen.

BIBLIOTHEK

Trotz der Stille in der Bibliothek sind die Geschichten ihrer Bücher laut. Die Leser können sie förmlich hören, wenn sie in die Bücher eintauchen. Die Stürme auf dem Meer, wenn der Wind heult und das Wasser brodelt, oder die Erzählungen über einen grollenden Vulkanausbruch, wenn der Berg tobt wie ein Berserker. Auch die Berichte vom Krieg mit Bombenhagel, Feuerstürmen und Menschengeschrei in brennenden Städten sind laut, sie zerreißen nicht die Ohren am Kopf, aber die Ohren im Kopf will man sich zuhalten. Sie klingen nach, manchmal länger als einem Recht ist. Manche hören den Lärm dann dauerhaft, bis sie es nicht mehr aushalten können und wahnsinnig werden. Solange die Bücher geschlossen bleiben, ist Stille. Schlägt jemand ein Buch auf, beginnt die Geschichte.

Die Bibliothek ist ein wachsender Organismus, wie ein Baum. Ein Baum entwickelt erst nach Jahren seinen eigenen Charakter aus. Er formt sich, verästelt hierhin und dorthin, verdichtet sich an einigen Stellen und dünnt an anderen aus. Das Wetter spielt einen wichtigen Einfluss. Wind zerrt an ihm, bricht Äste ab, gibt dem Baum eine Richtung, wie den Bäumen am Meer, die schief in der Landschaft stehen. Trockenheit führt dazu, dass er schmaler wird, viel Regen führt zu Dickenwachstum, welches noch nach hunderten von Jahren in den Jahresringen abzulesen ist. So wird jeder Baum zur Bibliothek des Wetters, solange er lebt. Die Regelmäßigkeit, die im Jungwuchs noch da ist, verschwindet mit dem Alter. Er wird knorriger, einzigartiger, manche missmutiger, weil sie ein Leben lang gegängelt wurden, andere sind fröhlich, weil sie ein Leben lang am perfekten Standort standen. Alles wirkt von außen auf den Baum ein, so auch die Menschen, die die Bibliothek besuchen.

In dieser Bibliothek hat fast jeder Leser irgendwo ein Buch liegen gelassen. In den freigewordenen Stellen in den Regalen, hat dann der zuständige Bibliothekar neue Bücher einsortiert. Aber nur diejenigen, die auch dorthin passen, denn sonst fühlen die Bücher sich nicht wohl. Manche Titel passen eben nicht zu anderen Titeln. Man sieht es mit Erfahrung sofort oder anders gesagt, Bibliothekare spüren es, denn sie beobachten die Bücher, wie eine Mutter, die ihre Kinder betrachtet. Sie wissen genau wie sie sich verhalten, wie sie sich fühlen an bestimmten Tagen. Fällt ein Buch aus dem Regal, dann ist es mit irgendetwas nicht einverstanden. Versteckt sich ein Buch hinter einem anderen, dann ist es schüchtern und möchte nicht gesehen werden. Dagegen gibt es die dominanten Bücher, die immer vorne im Regal stehen, die sich wichtig vorkommen und glauben besser zu sein als die anderen Bücher. Sie haben einen breiten Buchrücken und sind laut und aggressiv auf ihre Weise. Meist handelt es sich um Bücher, die von Managern oder Diktatoren handeln. Die faulen Bücher liegen irgendwo herum, meist auf den Stehenden und die Gelangweilten lehnen sich an andere. Es gibt die gut erzogenen Bücher, die immer akkurat und gerade ausgerichtet sind und es gibt die Bücher, die ein wenig nach hinten versetzt stehen. Sie wollen in aller Regel nur ihre Ruhe, sind aber nicht so schüchtern, wie die Bücher, die sich hinter anderen Büchern verstecken. Dann gibt es die Bücher, die in Folie eingeschweißt im Regal stehen. Bei denen muss man aufpassen, denn entweder sind sie frigide oder von sich eingebildet. Sie können aber auch empfindlich sein, weil sie sich vor dem Staub schützen wollen, manche sind krank und haben Schimmelinfektionen. Nach Möglichkeit darf man diese nicht öffnen, schon gar nicht die Folie entfernen. Die Ansteckungsgefahr für andere Bücher ist einfach zu hoch.

Wenn die Bibliothekare bemerken, dass es einem Buch nicht gut geht, dann legen sie es an eine freie Stelle und entscheiden später, wo es besser stehen könnte. In der Regel äußern sie von allein, wo sie einsortiert werden möchten. Man muss nur gut hinhören.

Häufig können die Bibliothekare das Verhalten daran erkennen, wenn ein Buch von Tag zu Tag seine Position verändert. Lehnt es also heute nach rechts und morgen nach links oder liegt es sogar, obwohl es tags zuvor noch stand, dann ist mit diesem Buch etwas nicht in Ordnung. Es bedarf feiner Sensoren, um diese Unterschiede in der Masse der Bücher zu erkennen. Deshalb hat jeder Bibliothekar auch seinen speziellen Bereich, in dem er arbeitet. Hier kennt er jedes Buch persönlich.

Diese Bibliothek ist nicht nach Sparten sortiert, nach Wissenschaftszweigen oder Themen. Hier werden die menschlichen Erfahrungen gesammelt. Seit Anbeginn der Menschheit werden sie aufgebaut und über die Zeit ergänzt, aber können niemals vervollständigt werde. Jeder Mensch, der geboren wird, schreibt seine eigene Geschichte, die dann hier aufgenommen wird. Die Bibliothekare, die hier tätig sind, haben nicht nur die Aufgabe neue Bücher aufzunehmen, sondern sie müssen ständig neue Räume tiefer in den Raum graben, weil das Wissen und somit auch die Buchbestände ständig wachsen. Sie sind die Bergleute, die Räume schaffen und gleichzeitig sind sie Bibliothekare, die diese Räume mit Büchern füllen.

Uralte Bücher, längst verstaubt und nach muffigem, feuchtem Papier riechend, stehen nebeneinander, wie Soldaten. Nicht abgeholt. Stillgestanden. Halten Wache in der Zeit. Bewahren Geschichten der Menschen für Menschen. Stehen und sind unpolitisch braun. Können nichts für ihre braune Farbe, die von dem Holz stammt, aus dem Papier, aus dem sie damals hergestellt wurden. Zerfallen langsam, wenn sie nicht beachtet werden, wie ein vernachlässigtes Tier verhungert, eine ungegossene Pflanze vertrocknet oder ein alter Baum im Wald zerfällt, bis er aufgesaugt wird von den anderen Bäumen und Pilzen.

Aufgabe

Der alte Mann führt Fox durch die Bibliothek. Er geht voran und steigt eine scheinbar endlose Wendeltreppe hinauf. Oben angelangt stehen sie an einem Regal, an dem auf einem kleinen goldenen Schild Fox' Name steht. Eine lange Reihe unterschiedlichster Bücher steht hier. Dicke, dünne, große, alte, bunte, blasse, farblose, mit Prägungen, mit Schnitzereien, andere langweilig normal. Fox sieht den alten Mann an.

„Was soll ich hier?"

„Das ist deine Geschichte. Lese!"

Ohne ein weiteres Wort lächelt der alte Mann ihn an, dreht sich auf den Absätzen um und steigt die Treppe hinab. Fox bleibt zurück, sieht dem alten Mann hinterher, doch dieser dreht sich nicht um. Er hat schon zu viele zu ihren Regalen gebracht, als dass er sich jedes Mal auf ein Gespräch einlassen müsste.

„Was nun? Jetzt bin so weit gelaufen, nur um neben einem staubigen Bücherregal zu stehen und mich mit einem Thema auseinanderzusetzen, was ich gar nicht kenne? Und was ist eigentlich das Thema?"

Fox schlendert das Regal entlang, legt seinen Kopf schief, um besser die Titel auf den hochkant stehenden Büchern lesen zu können. Mit dem Zeigefinger seiner rechten Hand fährt er über die Buchrücken. Bleibt stehen und hält den staubigen Finger unter die Nase. Er riecht muffig. Der Gang ist nur wenig beleuchtet und hat etwas von einem U-Bahntunnel. Die Wände sind aus nacktem Felsen, grau, grob behauen. Sein Finger stößt an etwas Kantiges. Auf dem Buch steht „Haltung". Fox nimmt es wahr, ohne zu begreifen.

„Scheint psychologische Literatur zu sein!"

denkt er.

„Na, das ist ja genau mein Thema",

stöhnt es ironisch durch seinen Körper.

Auf einem anderen Buch steht „Eigenversorgung". Fox zieht es aus dem Regal und schlägt es auf. Auf Bilder hatte er gehofft, weil der Titel wie autarker Haushalt klingt, also wie Essen anbauen, Feuer machen etc. Es sind aber keine Bilder zu finden, sondern eine Buchstabenbleiwüste breitet sich vor ihm aus. Das nächste Buch ist eines über „Wünsche", so steht es zumindest auf dem Buchrücken. Fox schlägt irgendeine Seite auf und überfliegt die Sätze, ohne sie wirklich zu lesen. Sein eigener Name springt ihm immer wieder ins Auge. Er legt das Buch wieder weg. Das nächste Buch handelt von „Sehnsüchten".

„Hier kommen wir der Sache schon näher",

denkt er grinsend.

Als er es aufschlägt, findet er endlose Satzketten. Viele Sätze und eine weitere Bleiwüste. Und so geht es weiter. Neben, „Forderungen" und „Manipulation", liest er immer wieder einen Begriff: „Bedürftigkeit".

„Bedürftigkeit, was soll das sein?"

Fox sucht nach einem Lexikon, irgendetwas was ihm dieses Wort erklärt. Es scheint in vielfachem Zusammenhang vorzukommen, aber er sieht nicht die Klammer.

Ein paar Regalmeter weiter findet er ein Lexikon. Er blättert und sucht unter „B" eine Definition für seinen Suchbegriff. Auf Seite 26 findet er unten auf der Seite einen dürren, knappen Satz:

„Bedürftigkeit" beschreibt einen Mangel (monetär, sozial, psychologisch, körperlich, ideell, beruflich, partnerschaftlich), den der Betroffene hat.

„Aha, ich habe also einen Mangel. Stimmt, den habe ich gespürt, sonst wäre ich nicht unterwegs und wahrscheinlich auch nicht hier in der Bibliothek. Körperlich habe ich ihn erst hier im Tal, gleich nach dem Berg gespürt."

Irgendwie scheint es in seinen Büchern, um ihn im Kontakt zu anderen Menschen zu gehen. Zwischenmenschliche Beziehungen jeglicher Art werden besprochen, analysiert, seziert, wie in der Pathologie. Die Buchtitel scheinen alle in eine Richtung zu weisen. Nachdem sich Fox etwas orientiert hat, überlegt er, wie er sich dem Thema stellen soll. Wirkliche Lust auf dieses Thema hat er nicht, aber es scheint wichtig zu sein. Nur das warum, kann er noch nicht sehen. Wirklich damit auseinandergesetzt hat er sich bisher auch nicht.

Die Müdigkeit, die er am Beginn des Tales in seinem Körper gespürt ist einer Müdigkeit seines Geistes gewichen. Es sind einfach zu viele Gedanken gleichzeitig, die in seinem Kopf durcheinander rasen. Was hat das Thema mit ihm zu tun? Er braucht eine Pause. Die Wendeltreppe hinunterlaufend beobachtet er die anderen Leser, die tief in ihren Büchern versunken sind. Nur wenige schauen auf, als er vorbei geht. Sie wissen alle, dass er der Neue ist. Sie alle sind zuerst auch geflüchtet.
Er verlässt den Berg und macht sich auf den Weg in seine Unterkunft. Er will nur noch schlafen.

VERUNSICHERUNG

Sunday spürt die Veränderungen, die sie nicht zuordnen kann. Hat sich in den letzten Wochen der Körper von Fox sichtlich erholt, verändert er sich jetzt erneut. Sunday hat den Eindruck, als ob Fox unruhiger wird. Manchmal zuckt er leicht. Besonders nachts, wenn sie ganz viel körperliche Nähe zu ihrem Mann hat, spürt sie die leichten Zuckungen, die sie immer wieder aus dem Schlaf reißen. Nur kurz, aber spürbar. Es passiert etwas, als ob Fox langsam aus den Tiefen seines Komas aufsteigt. Vielleicht ist es aber auch nur die Hoffnung, die in ihr schlummert.

„Mach ich mir was vor? Ist da gar nichts und ich bilde mir nur etwas ein? Ich habe Angst vor dem Augenblick, wenn er seine Augen öffnet. Ist er dann noch der Mann, den ich geheiratet habe oder ist er der sabbernde Pflegefall, der zwar ansprechbar ist, der aber gelähmt bleibt, den ich dauerhaft pflegen muss. Dann muss ich mich vielleicht mit einem Menschen auseinandersetzen, der mit seiner Situation nicht klarkommt. Dann habe ich vielleicht neben der Pflege zusätzlich die nie enden wollende Diskussion. Schaff ich das?"

Sie weiß es nicht. Und sie ertappt sich dabei, dass sie sich der aktuellen Situation angepasst hat, sich an sie gewöhnt hat.

„Momentan ist es einfach. Fox ist still, die Pflege ist zur Routine geworden und es werden keine Ansprüche gestellt, weil wir nicht kommunizieren können. Ich kann meinem Wunsch nach Nähe nachkommen, ohne Fragen beantworten zu müssen."

„Was wäre gewesen, wenn es ihm dabei schlechter gegangen wäre? Hätte ich dann auf meine Bedürfnisse nach Nähe verzichten müssen?"

Auch Fox ist verunsichert und sitzt in seinem kleinen kargen Zimmer.

„Welche Aufgabe habe ich hier? Was hat dieses Thema mit mir zu tun? Warum bin ich diesen Weg gegangen? Für mich, für andere? Wer sind die anderen?"

Fox geht in seinem Zimmer auf und ab. Er schaut durch das kleine Fenster nach draußen. Plötzlich wird ihm schwindelig und er muss sich am Tisch festhalten. Kalter Schweiß läuft ihm von der Stirn. Ein stechender Schmerz durchzuckt seine Brust, sein Herz krampft und tiefe Traurigkeit steigt in ihm auf. Er spürt nach all den Tagen, Wochen und Monaten, wie sehr er Sunday vermisst und er kann sich nicht erklären, wo er sie verloren hat. Tränen laufen ihm über die Wangen und er kann sie nicht stillen. Eine tiefe Traurigkeit umhüllt ihn, er schluchzt und sein Körper zittert. Stundenlang sitzt er nun auf seinem Bett und weint, erst am späten Abend versiegen die Tränen. Er hat keinen Hunger und so fällt er erschöpft und mit dem Gedanken an seine Frau in einen tiefen Schlaf.

In dieser Nacht hat er einen schönen Traum. Er liegt mit Sunday eng aneinander gekuschelt im Bett. Er hört ihren Atem, spürt ihr Herz pochen, als sie sich ganz nah und nackt an ihn heran legt. Er genießt ihre Wärme, die sich auf ihn ausbreitet und die Kälte vertreibt.

Sunday dagegen hat einen furchtbaren Tag hinter sich. Erst sind die Kinder schlecht gelaunt nach Hause gekommen, sie hat sich mit Tiffany gestritten und dann hat ihr Fox Sorgen bereitet. Am späten Nachmittag hat er auffällige Herzrhythmusstörungen bekommen. Sein Herz setzte kurz aus. Sunday brauchte Stunden, um die Situation in den Griff zu bekommen. Erst am späten Abend entspannt sich die Situation und Fox beruhigt sich wieder. Das Herz schlägt wieder normal und der herbeigerufene Arzt kann wieder nach Hause fahren. Tiffany und Sunday verabschieden sich kurz und kalt voneinander. Als endlich Ruhe im Haus einkehrt, die Kinder sind auch im Bett, zieht sie sich aus und schlüpft, so wie mittlerweile jede Nacht nackt unter die Decke von Fox. Sie hat das Gefühl, dass er ihre Nähe heute mehr braucht als in den vergangenen Wochen. Sie legt sich also nicht nur neben ihn, sondern liegt halb auf ihm drauf. Ihr Kopf auf seiner Brust nahe an seinem Herzen. Sie will spüren, wenn es wieder unruhig schlägt. Bald darauf schläft auch sie erschöpft ein. Eine ruhige Nacht beginnt, in der sie schlafen kann, ohne sich Sorgen machen zu müssen und auch Fox ist ruhig. Sein Herz schlägt langsam und normal.

Als am nächsten Morgen der Wecker klingelt, will Sunday sich langsam von Fox wegschieben, um aufstehen zu können. Sie hat sich offenbar in der vergangenen Nacht nicht bewegt, denn sie liegt noch in der gleichen Stellung, wie am Abend. Als sie langsam wegrutscht, bemerkt sie, dass sein Arm auf ihrem Körper liegt.

Anlauf

Fox ist früh aufgewacht. Aufstehen will er nicht, weil er in Gedanken nicht die vergangene Nacht beenden will. Sie war zu schön, um nun einfach abrupt aufzustehen und in die Bibliothek zu gehen und in staubigen Büchern zu lesen. In der letzten Nacht war er seiner Frau so nahe gewesen, wie selten zuvor und er spürt, dass er das wiederhaben will. Es darf kein einmaliger Traum bleiben. Er schließt die Augen, um sich noch einmal in die vergangene Nacht hineinzufühlen aber er erwischt nur noch wenige Schnipsel. Wie soll er dieses Gefühl zurückholen? Wie kann er zu seiner Frau zurückkehren? Fox öffnet die Augen und blickt zur Decke.

Ein paar Minuten später gibt er sich einen Ruck, schlägt die Bettdecke zur Seite und steht auf. Die Lösung muss doch zu finden sein, dafür ist er hier in dieser Siedlung am Berg. Vielleicht steht die Lösung in den Büchern. Irgendjemand hat doch bestimmt schon einmal darüber nachgedacht. Er beeilt sich beim Anziehen, vergisst das Frühstück und hastet zur Bibliothek. Eine nicht fassbare Unruhe hat ihn ergriffen. Jetzt weiß er wonach er suchen will.

Sunday spürt den Arm von Fox auf ihrem Rücken und hält in ihrer Bewegung inne. Was ist geschehen? Sie blickte ihrem Mann ins Gesicht. Er sieht so aus, wie an jedem der vielen verdammten, stillen vergangenen Tage, die ihr so viel Kraft genommen haben. In denen sie sich ein Stück weit aufgegeben hat, um ihn zu pflegen. Sie hat vergessen, wie sie sich selbst pflegen kann. Auch sie hat Gewicht verloren, ist hagerer geworden. Tiffany versorgt sie gut und es mangelt ihr an nichts, aber ihr fehlt ihr Mann so unendlich, dass sie beginnt sich nach ihm zu verzehren. Und jetzt liegt sein Arm auf ihr. Sie hat sich immer noch nicht weiterbewegt, sondern starrt in das leere Gesicht von Fox. Ihre Tränen fallen auf seine Brust. Eine Mischung aus Müdigkeit, unendlicher Traurigkeit und Glück überschwemmt sie wie ein Tsunami. Sie legt noch einmal ihren Kopf auf seine Brust und weint. Weint sich die Sehnsucht aus den Augen, ihre Wünsche, die in den vergangenen Monaten nicht erfüllt werden konnten. Und sie spürt, dass auch ihr Mann sich diese Wünsche nicht erfüllen kann seit seinem Unfall. Sunday weint über sich als Frau und über sie als Paar.

„Komm zurück zu mir."

Als sie das Auto von Tiffany auf der Auffahrt hört, löst sie sich aus der Situation und beeilt sich ins Badezimmer zu kommen. Sie ist spät dran.

Mittlerweile ist Fox in der Bibliothek angekommen. Er hastet die Wendeltreppe hinauf, zu seinem Regal und zieht irgendein Buch heraus. Er blickt sich um, irgendwo ist sicherlich eine Sitzgelegenheit, um das Buch in Ruhe zu lesen. Er schaut die Regalmeter entlang und findet einen alten tiefen, durchgesessenen Ledersessel am Ende des Ganges. Mit dem Buch unter dem Arm, läuft er an den vielen anderen Büchern entlang und lässt sich in den Sessel fallen. Dort schlägt er es auf und klappt es gleich wieder zu. Es ist das Buch über seinen Vater.

VATER

Sein Vater war ein stiller, rationaler Mensch, eher emotionslos. Gewesen, denn er war schon lange verstorben. Er war Bahnbeamter und arbeitete als Lokführer, in einer Branche, die nach dem Krieg Zukunft hatte, war doch die Bahn das einzige Transportmittel zu dieser Zeit, was viele Güter auf einmal transportieren konnte und die aufstrebende Republik versorgen konnte. Der Konsum stieg, die guten Jahre, nach einer Zeit der Enthaltsamkeit, begannen.

Zu seinen Aufgaben gehörte es eine bestimmte Strecke regelmäßig zu befahren. Da die Gleise auch durch Wälder verliefen, hatte er auf seiner Strecke Bereiche dabei, die er schlecht einsehen konnte. Dies war insofern unproblematisch, weil ja kein Gegenverkehr zu erwarten war. Allerdings geschah es immer wieder, dass sich Menschen an diesen Stellen versteckten. Sie suchten sich Stellen an der Bahntrasse aus, die für den Lokführer schlecht einsehbar waren, damit dieser nicht rechtzeitig bremsen konnte. Sie durften davon ausgehen, dass ihr Versuch sich das eigene Leben zu nehmen gelingen würde und nicht an der Achtsamkeit des Lokführers scheitern würde.

Und jedes Mal hatte er sie zu spät gesehen. Meistens standen sie schon vor ihm, wenn er in die schlecht einsehbaren Bereiche einfuhr, so dass ein Bremsmanöver nicht mehr die anschließende Kollision verhindern konnte und häufig sahen sie ihm dabei direkt in die Augen. Er war der letzte Mensch, den sie lebend sahen, bevor sich ihre Augen für immer schlossen. Sie wussten, dass er den Zug nicht auf diesen wenigen Metern abbremsen konnte, und er wusste es auch. Dieses Monstrum aus Stahl, Eisen und Holz ließ sich nicht einfach stoppen. Wie ein Ozeandampfer, der schon viele Kilometer vor dem Hafen mit einem Bremsmanöver beginnen musste, so ging es ihm auch. Er hörte den dumpfen Aufprall ihrer Körper auf die Frontseite seiner Lok, das Ruckeln des Zuges, wenn er über den Körper fuhr und diesen zerteilte. Danach erst konnte er den Zug anhalten. Er rief in der Zentrale an und meldete einen Personenschaden.

Es folgte ein Routineprozedere. Er verließ den Lokführerstand, setzte sich neben seine Lok auf die Gleise und zündete sich eine Zigarette an. Das Blut vorne an der Lok und die Körperteile rechts und links der Gleise viele Meter zuvor, schaute er sich nicht an. Er wusste, dass es nicht mehr um Lebensrettung ging. Er empfand es auch als überflüssig den Rettungswagen zu rufen, der Bestatter würde genügen. Dieser hatte immer die gleiche Aufgabe, die Rest einzusammeln. Wirklich beneiden konnte man diese Berufsgruppe nicht. Sein Blick war währenddessen in Richtung des Waldes gerichtet. Er besah sich die Bäume, die Pflanzen und beobachtete die Vögel, die nichts vom Drama in seinem Rücken wahrnahmen. Eine Unfallkommission kam raus zur Unfallstelle, besah sich den Schaden an der Lok, die Polizei, der Notarzt und der Bestatter kamen hinzu, um die menschlichen Überreste zu beseitigen und das Radio berichtete in den Abendnachrichten von einer Verspätung der Zuglinie, aufgrund eines Personenschadens. Er wurde befragt, sechs Wochen freigestellt, da eine Prüfung erfolgen musste und er Abstand bekommen sollte. Er wurde jedes Mal vom Vorwurf den Unfall herbeigeführt zu haben, freigesprochen. Danach bekam er seine Lizenz zurück und saß wieder in seiner Lok. Zum wiederkehrenden Ablauf gehörte es dann, die bahneigene Psychologin aufzusuchen, um sich den Schmerz von der Seele zu reden. Sie erstellte ein psychologisches Gutachten dazu, dass er weiterfahren konnte und keine Gefahr für den öffentlichen Verkehr darstellte.

Er war Beamter, also ließ er das Prozedere über sich ergehen, schließlich war man im Alter versorgt und er hatte Familie und wollte diese Annehmlichkeiten nicht verlieren. Sich im Alter nicht mehr um das leidige Geld kümmern zu müssen, war schon eine Erleichterung.

Die Ereignisse auf den Schienen veränderten ihn nachhaltig. Er wurde stiller und verschloss seine Gefühle immer mehr hinter einer dicken Eichentür in seinem Inneren. Schon seine Eltern, Fox' Großeltern, waren keine guten Redner gewesen, wenn es um die eigene Gefühlswelt ging. Beide wurden im 1. Weltkrieg geboren und hatten den 2. Weltkrieg und das Grauen miterlebt, wenn die Nachbarn erschossen, die Frauen missbraucht und die Häuser verbrannt wurden. Um zu überleben, lernten sie, ihre Gefühle in ihren inneren Panzerschränken zu verschließen und konzentrierten sich auf das sachliche Leben. Sie sprachen nach dem Krieg nicht viel, schon gar nicht über Gefühle. Fox' Eltern hatten also Eltern, die eine sachliche, emotionslose Kommunikation pflegten. Der noch junge Bahnbeamte eignete sich diese Verhaltensweisen schnell von seinen Eltern an und setzte sie in seiner Laufbahn ein, um die Toten zu verdrängen. Diese Strategie, war ihm bekannt und es schien ein Erfolgsrezept zu sein, denn seine Eltern kamen damit gut durch ihr Leben. So waren sie schließlich auch mit dem Tod umgegangen.

Und so hatte auch Fox, die Enkelgeneration, nie wirklich gelernt, seine Emotionen zu beschreiben, wie auch sein Vater es nicht gelernt hatte. Mal ein „Ich liebe Dich", kam zwar über seine Lippen, aber doch eher als notwendige, weil gewünschte Information an seine Frau gerichtet. Verbunden waren diese Worte aber nicht mit seinem Innersten. Die Beschreibung dessen, was in ihm vorging, was ihn bewegte, was ihn antrieb, konnte er nicht in Worte fassen. Außerdem sah man doch was er tat. Warum also noch groß darüber reden?

Fox, lehnte sich in seinem Sessel zurück und schließt die Augen als ihm klar wird, dass dies ein entscheidender Punkt ist.

„Wie sieht es eigentlich mit mir aus? Kann ich meine Gefühle beschreiben?"

Er betrachtete das Buch seines Vaters, das er gerade gelesen hat.

Unscheinbar wirkt es von außen. Schlichter brauner Einband, ver-
gilbte Blätter, die Seiten trocken und rissig. Seine Hände sind stau-
big von ihm. Die Vergangenheit, die Zeit mit seinem Vater, klebt
an seinen Händen.

Wirklich über Gefühle haben Sunday und er in ihrer Ehe nie gesprochen. Klar, über Liebe wird gesprochen oder es gibt mal Konflikte, aber meistens geht dann einer aus der Situation raus. Man schmollt einen halben Tag, um abends wieder gemeinsam vor dem Fernseher zu sitzen. Am nächsten Tag ist dann meistens alles vergessen. Es bleibt ein schaler Beigeschmack, aber auch der verschwindet nach ein paar Tagen und der Alltag hat sie wieder. Aber worum geht es bei ihren Streitereien? Meistens geht es darum, dass einer von Beiden etwas fordert, was der andere nicht erfüllen kann oder will. Der, der die Forderung gestellt hat, wird enttäuscht, weil er leer ausgeht. Und der andere ärgert sich, weil er oder sie zum Lieferanten degradiert wurde. Damit geraten sie in gegenseitige Abhängigkeiten, die in Forderungen münden. Eine Begegnung auf Augenhöhe ist in diesen Augenblicken nicht möglich. Ein Ungleichgewicht entsteht und die Konflikte sind vorprogrammiert.

Fox öffnet die Augen, schaut auf sein Buch hinab und entscheidet es gegen ein anderes auszutauschen. Am Regal stellt er das Buch seines Vaters an seinen Platz zurück, macht zwei Schritte seitwärts, dann schließt er die Augen und fühlt mit seiner rechten Hand an den Buchrücken entlang, bis seine Finger an einem kleinen Vorsprung hängen bleiben. Er öffnet seine Augen und zieht ein schmales Buch heraus. Ohne es näher zu betrachten, geht er zurück zu seinem Sessel, setzt sich, und betrachtet den Einband des Buches.

Sein Blick fällt auf das Cover und er sieht das Bild seiner Kinder, als sie noch Babys waren. Er erinnert sich an die Geburten seiner Kinder. Natürlich war er mit im Kreißsaal. Die ganze Welt sprach davon, welch Erlebnis eine Geburt darstellen würde. Alle gingen davon aus, dass sie zur neuen aufgeklärten Generation gehören würden, die als Paar die Geburt erleben würden. Es wurde ein unausgesprochener gesellschaftlicher Zwang aufgebaut, bei dem jeder schief angesehen wurde, der sich gegen die Teilnahme einer Geburt aussprach. Er meinte, dass es seine Aufgabe wäre, dort seine Frau zu unterstützen. Er hielt sie, er unterstützte sie, er feuerte sie an und machte ihr Mut. Aber irgendwo in den Tiefen seiner Gefühlswelt fühlte er sich fehl am Platz. Es war nicht richtig hier zu sein. Und dann begann die Austreibungsphase und das Köpfchen seines Kindes wurde sichtbar. Gleichzeitig auch Wasser, Blut und Kot, weil seine Frau so intensiv pressen musste. Dabei riss sie ein und noch mehr Gewebe und Blut wurden sichtbar. Und dann war das Kind da, schreiend, verbunden mit einer bläulich grauen Nabelschnur, Teile der Fruchtblase noch am Körper. Alle jubelten und freuten sich und er sollte nun die Nabelschnur mit einer Schere durchtrennen. Er schnitt durch Gewebe zwischen seiner Frau und seinem Kind mit der Angst jemandem weh zu tun. Nun war sein Kind da, abgenabelt und Sunday begann erneut zu pressen und heraus kam die Plazenta, ein unförmiges blutiges Etwas, an dem die andere Seite der Nabelschnur hing.

„Andere Männer mögen das sicherlich können, ich aber bin nicht der Typ dafür."

SPIEGEL

Er klappt das Buch zu, viele Stunden sind vergangen. In der Bibliothek ist es eigentümlich ruhig. Viele Leser scheinen nicht mehr hier zu sein. Steif vom langen Sitzen erhebt er sich aus seinem Sessel und stellt das Buch zurück ins Regal. Dann geht er weiter zum Anfang des Regals, dort wo auch die Wendeltreppe ist, und schaut in die riesige Bibliothek. Kein Mensch ist zu sehen, nur die Tischlampen brennen an den verlassenen Arbeitsplätzen. Fox überkommt ein eigenartiges Gefühl. Hier ist er inmitten des gesamten Wissens und den Erfahrungen aller Menschen, völlig allein. Alles, was je geschehen ist und je erlebt wurde ist ihm hier zugänglich und gleichzeitig weiß er, es ist einfach zu viel, um alles in sich aufzunehmen. Er hat für seine beiden Bücher schon einen ganzen Tag gebraucht und hier stehen Millionen Bücher. Es macht also keinen Sinn alles erfahren zu wollen, sondern es geht nur um das eigene Problem, was im Leben zu lösen ist, die Uraufgabe, die jeder Mensch in sich trägt. Vielleicht ist auch genau dass die Übung, sein Lebensthema zu finden, es zu bearbeiten, zu entwickeln, aufkommende Fragen zu beantworten.

Fox verlässt die Bibliothek und schlendert zurück zu seinem Zimmer. Nun ist er einer der anderen, die hier nachdenklich durch die Gassen laufen. Den Kopf gesenkt, mit den Gedanken nicht hier, der Lösung auf der Spur, hoffentlich.

Er tritt in seine Herberge, geht nach wenigen Schritten in sein Zimmer, setzt sich auf die Bettkante und schaut zur gegenüberliegenden Wand. Diese ziert kein Bild, kein Spruch nur ein Spiegel. Fox steht vor dem Spiegel, aber es fehlt sein Spiegelbild. Fox erschreckt.

„Wo ist er, wenn er nicht sichtbar ist?"

Er reibt sich die Augen.

„Ich bin müde. Die viele Leserei führt dazu, dass ich nicht mehr richtig gucken kann."

Er geht einen Schritt zur Seite, schaut gegen die Wand und macht einen Schritt wieder vor den Spiegel, dabei hat er die Augen vor Angst geschlossen. Nun öffnet er diese langsam. Es gibt kein Spiegelbild, er ist nicht hier! Fox kneift sich in die Unterseite seines Oberarmes und fährt hoch.

„Upps, autsch",

presst er zwischen seinen Zähnen hervor.

„Bin ich Tod und habe mein Sterben nicht mitbekommen? Ich kann mich nicht sehen, aber spüren geht. Wie kann das sein?"

Panik überkommt ihn.

„Wenn ich tot bin, dann bin ich hier gefangen, dann gibt es nur diese Welt und ich sehe meine Familie nie wieder. Wenn ich aber nicht tot bin, was ist dann mit mir geschehen? Wo sind dann meine Kinder, wo ist meine Frau?"

Er kann jetzt nicht hierbleiben, seine Unruhe treibt ihn heraus, er muss laufen. Hier ist es zu eng, er bekommt keine Luft mehr. Fox eilt nach draußen, wirft die Zimmertür ins Schloss und gelangt auf die Straße. Dort schlendern einzelne Gestalten herum, wie schon in den vergangenen Tagen. Fox hetzt hinter einem her und ruft ihn an:

„Wo sind wir? Sind wir Tod?"

Der Angesprochene hebt langsam den Kopf, sieht Fox mit einem müden Blick an und setzt wortlos seinen Weg fort. Er sieht einen weiteren Fußgänger. Auch hier die gleiche Reaktion. Fox gerät immer mehr in Panik, blickt panisch um sich und weiß nicht, an wen er sich wenden soll. Also rennt er die Straße hinauf, spricht jeden Einzelnen, den er trifft, an, ohne eine Antwort zu bekommen. Am oberen Ende der Straße geht es nur noch steil hinab, ohne Weg, ohne Treppe. Fox blickt hinab.

„Bin ich gestorben? Wenn ja, wo, wann und warum? Liege ich unter der Erde und ist das hier unter der Erde? Wo ist der Weg hierhin? Und wenn es den Weg gibt, komme ich zu meinen Lieben, wenn ich ihn einfach zurücklaufe?"

Fox rennt vorbei an der Bibliothek, zum Seilaufstieg. Dort kennen die beiden alten Männer dieses panische Verhalten. Jeder hier war schon an diesem Punkt, wo die Flucht von diesem Ort die einzige Option war. Jeder hatte es versucht und jeder war gescheitert.

„Ich kann dem Ganzen entfliehen, ich muss nur zurücklaufen. Den Weg kriege ich hin, ganz sicher. Ich beeile mich, damit ich bald wieder bei meiner Familie bin. Ich mache alles ungeschehen und alles wird wieder so, wie es war."

Momente später steht Fox vor dem alten Mann am Seilaufstieg.

„Ich muss runter ins Tal. Können sie mich bitte runterlassen? Meine Familie wartet auf mich. Sie wissen nicht, wo ich bin. Die sind bestimmt in Panik. Bitte, ich habe einen großen Fehler gemacht. Ich bin hier falsch, bitte lassen sie mich runter! Ich muss nach Hause. Ich bin Ehemann und Vater, ich habe Verantwortung zu tragen. Ich habe es begriffen, ich weiß jetzt, wo mein Platz ist."

Der alte Mann sieht Fox lange an. Er kennt diesen Augenblick, wenn die Gäste in seelische Not geraten. Sekunden werden zu Minuten und Fox immer nervöser. Der alte Mann bückt sich, nimmt das Seil auf und legt es behutsam, viel zu langsam für Fox, über die Führungsrolle der Seilwinde. Als Fox in die nun bereit hängende Fußschlaufe steigen will, zerfällt das Seil zu Staub. Fox erstarrt. Was passiert hier? Sein einziger Ausgang hat sich gerade aufgelöst.

„Was soll das? Ich muss hier weg, wieso verstehen sie mich nicht?

Der alte Mann sieht auf und lächelt milde.

„Du bist noch nicht so weit. Geh zurück an deine Arbeit. Hier gehen nur die Menschen wieder weg, die mit sich gearbeitet haben. Alle anderen bleiben. Manche für immer. Nicht jeder schafft es mit sich zu arbeiten. Aber gib nicht auf, vielleicht wirst du es schaffen. Komm zur Ruhe, konzentrier dich, öffne dich und geh an deine Aufgaben. Du bist schon ein gutes Stück gelaufen, lauf weiter, aber nicht vor dir weg.“

Mit diesen Worten dreht er sich um, und verlässt den Platz. Fox bleibt allein zurück. Zu seinen Füßen ein Häufchen Staub, welches der Wind auf dem Platz verteilt. Seine Panik ist nicht weniger geworden, aber sie verändert sich. Eine Mischung aus Wut, Trauer und Verzweiflung breitet sich aus. Er ist so enttäuscht, dass ihm die Tränen über die Wangen laufen. Jetzt soll er bleiben, obwohl er nicht will. Er ist gefangen und weiß nicht einmal, ob er noch lebt. Seine Familie kann ihm nicht helfen, dabei ist sie ihm näher als er weiß und in diesem Augenblick spüren kann.

NEUBESINNUNG

Sunday liegt neben ihm und hält ihn, wie in jeder der vergangenen Nächte, als eine einzelne Träne ihrem Mann aus dem Augenwinkel über die Wange läuft. Ihr Gesicht berührt seine Wange als die Träne hinabrutscht. Sie spürt das Nass, tastet danach mit dem Zeigefinger und nimmt die Träne auf. Sie legt sie sich auf die Zunge und schmeckt den salzigen Geschmack. Seinen salzigen Geschmack. Seit vielen Monaten nimmt Sunday wieder etwas von ihrem Mann auf. Es ist zwar nur eine einzelne Träne, aber dieser kleine Tropfen öffnet ein Stück ihres Herzens.

Fox geht betrübt zurück. In einer Seitengasse findet er eine kleine Kneipe, die von außen durch einen Krug gekennzeichnet ist. Diese Art von Krug, wie man sie im Mittelalter benutzt. Er öffnet die alte hölzerne Türe und betritt den dunklen Schankraum. Da die Fenster aus den Böden alter, farbiger Flaschen bestehen, tritt von außen nur wenig Licht ins Innere, besonders bei wolkigem Wetter oder in den Abendstunden ist es dunkel. Innerhalb der Gaststätte sind nur wenige Kerzen verteilt, so dass es insgesamt, gepaart mit altem, in der Luft hängendem Rauchwerk, ein schummriger Ort ist.

Zwei lange, abgenutzte Holztische stehen in der Mitte des Raumes. Die wenigen Gäste hier sitzen nebeneinander auf langen Holzbänken. Separieren in einzelne Tischgruppen muss man den Speiseraum nicht. Die Besucher werden sowieso kaum miteinander reden. Alle hängen ihren Gedanken nach. Da ist es egal, ob sie nebeneinandersitzen oder nicht. Damit gibt es auch keine Tischnummern und der Wirt hat es leichter die gewünschten Getränke und Speisen zu verteilen. Er stellt sie für gewöhnlich einfach mittig auf den Tisch.

„In meinem Zustand hilft nur Alkohol."

Die Flucht aus seinen Sinnen ist der Weg, den er jetzt gehen will. Sich nicht mehr zu spüren, wird ihm helfen dem Schmerz aus dem Weg zu gehen. Das ist sicherlich keine dauerhafte Lösung, erscheint ihm aber für den Augenblick die bessere Variante, wo er ja nicht mal weiß, ob er überhaupt noch lebt. Und wäre er schon gestorben, ist es sowieso egal.

„Ob der Alkohol dann überhaupt hilft? Ach scheißegal, was habe ich zu verlieren? Ich kann mich wahrscheinlich jetzt auch totsaufen und stehe am nächsten Morgen wieder auf."

Er setzt sich an einen der beiden Tische, an dem noch zwei weitere Gäste sitzen und trinken und bestellt ein Glas Whisky. Die Flasche, aus der der Wirt sein Glas befüllt, hat kein Etikett und nachdem er eingegossen hat, ist der Flüssigkeitsstand innerhalb der Flasche auch nicht gesunken. Nachdem er sein erstes Glas geleert hat, bestellt er gleich das nächste und danach noch eins, bis er irgendwann in der Nacht seinen Kopf auf den Tisch legt und einschläft.

Am folgenden Morgen weckt ihn der Wirt und lässt ihn aus der Kneipe. Er will den Gastraum säubern und vorbereiten für die kommenden wenigen Gäste. Fox brummt der Schädel, er ist verspannt von dem krummen, harten Liegen auf dem Tisch und müde ist er auch. Er fühlt sich gerädert. Und da er noch nicht klar denken kann, schlurft er an der Bibliothek vorbei zu seinem Zimmer, um ein paar weitere Stunden zu schlafen. In diesem Zustand würde er sowieso nichts begreifen.

Vier Stunden später ist Fox halbwegs fit und begibt sich auf den Weg zur Bibliothek. Zwar hat er immer noch keine Worte für seinen Lebenszustand oder Nichtzustand, er kann jetzt auch ein Untoter sein, aber immerhin gibt es die Bibliothek, in der die Lösung vielleicht in einem der vielen Bücher zu finden ist. Er muss also nur suchen und lesen.

Fox läuft in die Bibliothek und steuert seine Treppe an, als ihm an einem der vielen Tische eine junge Frau auffällt. Bei all den Männern, die er bis dato gesehen hat, ist sie eine auffällige, weil hübsche Erscheinung. Tiefschwarze lange, glatte Haare gleiten über ihre Schultern hinab, ein kleines feines Gesicht mit einem zartgebauten Körper, machen sie zu einem zerbrechlichen Wesen. Sie hat sich ein schweres Buch auf ihren Tisch gelegt und scheint in Gedanken versunken, darin zu lesen.

Irgendwoher kennt er die Frau, er kann sich nur nicht mehr erinnern woher. Fox besteigt die Treppe und erklimmt den oberen Bereich des gigantischen Raumes, um sich an die Arbeit zu machen. Ohne darauf zu achten, zieht er ein Buch aus dem Regal und geht mit diesem zum Sessel, wo er auch schon gestern gesessen hat. Mittlerweile weiß er, dass es unerheblich ist, ob er nach einem bestimmten Titel sucht, oder ob er einfach zugreift. Als er sich hingesetzt hat, betrachtet er das Cover des Buches. Auf diesem steht nur ein Wort: „Beziehungen". Und wie bei den Büchern tags zuvor, liest er in seiner eigenen Geschichte.

„Ich hatte es in meinen Beziehungen immer so gehalten, dass ich mit meinen Partnerinnen mit offenen Karten gespielt habe. Ich halte nichts von Geheimnissen, denn wie sollte etwas Gemeinsames entwickelt werden, wenn man nicht weiß, was der andere zu bieten hat."

„Stimmt, so habe ich es immer gehalten."

„Ich habe also meinen Frauen, wie das klingt, eine Tür geöffnet, die in einen großen imaginären Raum führte. Dieser Raum war mit weißen Regalen möbliert, die die gesamten Wände einnahmen. Das Zentrum des Raumes war nahezu leer, bis auf einen einfachen Holztisch mit zwei schnörkellosen Küchenstühlen. Die Decke war schlicht mit einem starken Strahler in der Mitte, der Boden war blanker Betonboden ohne Teppich. Alles ähnelte einer Lagerhalle. Ein Lager meiner persönlichen Möglichkeiten.
Die Regale waren wie in einer Buchhandlung nach Themen sortiert. Da war die Abteilung mit den handwerklichen Fähigkeiten von mir. Die Fächer waren leer, nur in einem Fach lagen Zettel mit Telefonnummern von Handwerkern, die ich zur Not anrufen konnte."

„Handwerklich habe ich tatsächlich wenig zu bieten und es interessiert mich auch nicht. Manchmal ärgert es mich zwar, dass ich einfache Dinge nicht selbst reparieren kann, für jeden Scheiß muss ich Jemanden holen, aber gleichzeitig habe ich gar kein Interesse daran, mir dieses Wissen anzueignen. Eine andere Abteilung war mit Hilfsangeboten beschriftet. Dort lagerte Watte in großen Mengen, um Verletzungen abzupuffern, da waren Pflaster, Geld, Verbandskoffer, Tragen und vieles mehr gestapelt und teilweise quoll es aus den Fächern heraus. Kisten waren vor den Regalen gestapelt. Hier konnte jede sehen, dass mir dieser Bereich wichtig war und ich gerne Vorsorge betrieb und gerne half. Diese Abteilung war sicherlich auch eine Schwäche von mir, oh ja, denn ein hohes Angebot beinhaltete immer auch die Gefahr, dass jemand genau daran Interesse hatte, um seine eigene Bedürftigkeit zu stillen. Mittlerweile weiß ich darum und bin vorsichtiger geworden. Wieder

ein anderes Fach war mit Wissen beschriftet. Hier lagerten Bücher in großen Mengen, verschiedene Wissensgebiete, Computer, Festplatten und viel beschriftetes Papier. Auch vor dem Regal stapelte es sich und die Kartons enthielten viele weitere Unterlagen für mich, der viele Dinge im Kopf theoretisch durchdenkt, die zentrale Abteilung meiner Lagerhalle. Ein paar Meter weiter, stand die Abteilung Familie mit vielen Erinnerungsstücken von mir, mit Bildern, Kameras, Handbüchern, Kleidung, Taschen und was sonst noch Teil einer Familie war. Auch diese Abteilung ist mir wichtig. Und so war dieser Raum mit ganz unterschiedlichen Dingen in unterschiedlichen Mengen angefüllt, hatte aber auch leere Bereiche, in denen nichts zu holen war. Die Regale waren kein Selbstbedienungsladen. Einfach sich Sachen zu nehmen war nicht möglich, weil mir das wie Ausnutzen vorkommt.

Meine Freiheit ist mir wichtig. Mir geht es darum zu zeigen, was ich habe, was ich bieten kann. Das hatte nichts mit Angeben zu tun. Ich wollte nur, dass von vornherein die Situation klar war. Ich kann nicht alles und will keine Show abziehen, nur um Jemanden für mich einzunehmen. Meine Partnerinnen wussten also Bescheid über das, was sie bei mir zu erwarten hatten. Sie konnten frei entscheiden, ob sie das Angebot gut und für ausreichend empfanden und sie konnten entscheiden, welche Regale sie nutzen wollten.

Von außen war die Halle mit einem großen Vorhängeschloss gesichert, so dass nicht jeder dort Zugang hatte. Nur Menschen, die sich für mich interessierten, durften dort hinein und dafür musste im Vorfeld, quasi vor der Türe, erst einmal Vertrauen aufgebaut werden. Ich habe gelernt die Menschen nicht allein in meinen Raum gehen zu lassen. Zu oft hatte ich erlebt, dass sie hineingingen, plünderten und dann verschwanden. Ich habe gelernt mich zu schützen, also gehe ich immer mit hinein, passe auf, gebe Ratschläge, wenn ich gefragt werde und erkläre Dinge, die nicht eindeutig zu erkennen sind. Und ich lasse Menschen nur einzeln hinein, um den Überblick zu behalten. Ich halte nichts davon mehrere Beziehungen parallel zu führen. Es ist mir zu kompliziert und es überforderte mich."

Fox spürt, was er all die Jahre verwechselt hat. Er hat die Annahme seiner Angebote mit Liebe verwechselt. Je mehr er gibt und die Frauen sich nehmen, so dachte er, umso mehr müssen die

Frauen ihn ja lieben. Also gibt er so lange, bis er leer ist. Nur das er dann fallen gelassen wird, wenn er nichts mehr hat, das hat er damit nie in Zusammenhang gebracht. Er hat alles gegeben, aber nie darauf geachtet, auch etwas zurückzunehmen oder überhaupt etwas zurückzubekommen, um einen Gegenwert zu bekommen. Er wird benutzt und er denkt, dass wäre Liebe. Er darf nie die Lagerhallen seiner Partnerinnen betreten. Was ihm für selbstverständlich erscheint, ist es für sie nicht.

WIR

Sunday steht am Fenster und sieht die Großmutter ihrer Nachbarin an ihrem Haus vorbeigehen. Sie erinnert sich an das Gespräch mit ihrer eigenen Großmutter, in der sie von ihren Regeln gesprochen hatte, um den Großvater zu „führen". Ihr Wunsch war es eine gesunde Beziehung zu haben und ihrer Meinung nach, war sie es auch. Ein Wunsch nach Kontinuität und Vertrauen. Sicherlich nicht falsch, aber vielleicht auch zu sehen unter den damaligen Bedingungen. Sunday erkennt jetzt, dass dieser Gedanke zu einseitig ist. Regeln müssen abgesprochen werden, man einigt sich aktiv in beidseitigem Einvernehmen darauf. Fox hat aber diese Vereinbarungen nie eingefordert. Er ist, wie automatisch, in seine Rolle geschlüpft. Sunday erkennt, dass sie viel von Fox gefordert hat. Vielleicht zu viel, und er hat es ihr, wie es seine Art ist, bedingungslos gegeben. Sie fordert und Fox liefert. Im Grunde meint sie es nur gut, denn sie will eine perfekte Familie führen und keine Fehler machen. Damit stellt sie Ansprüche an sich und an die Familienmitglieder, insbesondere an Fox, die auf Dauer belastend sind. Sie stellt Regeln auf, die zwar logisch sind und es ist ja nur zum Besten aller, aber sie stellt damit ein Korsett zusammen, das ihnen die Luft nimmt. Da alle versuchen es richtig zu machen, verliert Sunday ein Stück ihrer Bodenhaftung. Sie schwingt sich unbewusst zu einer Führungsperson auf, die eine partnerschaftliche Zusammenarbeit zwischen ihr und ihrem Mann verhindert. Sie überschreitet Grenzen. Das Ungleichgewicht ist größer geworden und die Konflikte und ihre Distanz zueinander haben zugenommen. Und Fox hat sich zurückgezogen, hat sie machen lassen, hat sich aus der Verantwortung gestohlen und ihr das Feld übergeben.

Er geht den Konflikten aus dem Weg und konzentriert sich auf seine Aufgaben.

Alles veränderte sich an dem Tag, an dem Fox gegangen ist. Er ist sich zwar nicht im Klaren darüber, was wirklich passiert, aber er hat endlich einen ersten Schritt gemacht. An diesem Zeitpunkt kippt die Situation für die Familie. Der Unfall setzt alles zurück auf Start, der Resetknopf ist gedrückt.

Sunday hat in den vergangenen Monaten, seit dem Autounfall, alles gegeben. Durch ihre Pflege wird das entstandene Ungleichgewicht ein Stück weit ausgeglichen. Ja, sie ist in den letzten Monaten selbst ins Minus gerutscht, hat ihre Kraft eingebüßt. Die beiden Partner treiben um einen Mittelpunkt, von dem jeder immer wieder wegtreibt, um dann wieder zu ihm zurückzusteuern. Da sie nicht zusammengehen, verlieren sie die Bindung zueinander. Sie berühren sich nicht mehr.

Erst durch ihren Versuch der nächtlichen Nähe hat sie angefangen etwas zu verändern. Sie nimmt sich Nähe und Wärme, die sie vermisst hat und gibt dadurch doch so viel, dass auch Fox sich verändern kann. Sie schenkt ihm bedingungslose Liebe. Sie fordert nichts. Sie nähern sich an. Dabei erreichen beide langsam wieder eine Ebene, auf der sie sich in die Augen schauen können. Die parallelen Wege stoßen wieder zusammen. Noch aber ist für Beide diese neue Entwicklung nicht zu erkennen, zumal Fox zur Zeit der passive Teil ist, zumindest scheinbar. Was Sunday nicht weiß, ist, dass Fox hart an sich arbeitet und einen Weg zurück zu seiner Frau sucht.

TRIEBE

Fox wird in seinem Sessel in der Bibliothek müde. Für heute hat er genug über sich gelesen. Normalerweise bleibt es nicht nur beim Lesen, der Inhalt geht ihm sehr an die Nieren. Schließlich liest er seine Geschichte. Es berührt ihn, ist er doch persönlich gemeint, der durch das Leben geht und Fehler macht. Er ärgert sich. Das ist also Fox, er, über den er Seite um Seite erfährt. Er legt sein Buch beiseite, steht auf und geht zur Treppe. Nachdem er diese abgestiegen ist, verlässt er die Bibliothek. Auf dem Weg nach draußen überkommt ihn Neugierde und er will schauen, ob die junge Frau noch in der Bibliothek arbeitet. Also geht er wieder zurück, nicht ohne mit dem Kopf zu schütteln, da er sich auch einen Weg hätte sparen können. Wieder im Innenraum, schaut er sich um, aber sie ist fort.

„Na gut, gehe ich eben allein in mein Zimmer. Treffe ich heute keine Frau."

Die Monate ohne Sex machen sich langsam bemerkbar. Seine Lust auf das weibliche Geschlecht beginnt wieder zu wachsen. Er verspürt ein Verlangen mit einer Frau zu schlafen. Es geht ihm dabei nur um das Körperliche, nicht um Liebe, sondern seine Triebe fangen an sich zu regen. Sich spüren, ist jetzt sein Wunsch. Das ist neu, denn monatelang hat er diesen Wunsch nicht wahrgenommen. Aber die junge, attraktive Frau hat etwas in ihm angestoßen. Leider ist sie im Augenblick fort.

„Wie vermessen ich bin! Da sehe ich eine gutaussehende Frau und habe sie gedanklich schon in meinem Bett. Fox, reiß dich mal zusammen. So großartig bist du jetzt auch wieder nicht, sonst würdest du ja auch nicht in dieser Bibliothek hocken und dich reflektieren müssen. Und warum sollte sie überhaupt mit mir schlafen wollen?"

Auf seinem Zimmer angelangt, nicht ohne sich über sich selbst zu amüsieren, wäscht er sich den Staub der Bibliothek vom Körper, entkleidet sich und legt sich ins Bett. Er ist müde und will nur noch schlafen und dabei das Gelesene verarbeiten. Bald fällt er in einen tiefen Schlaf und einem neuen Traum.

KOMATRAUM

Im Gegensatz zum Geschehenen, in dem er die junge Frau in der Bibliothek nicht mehr getroffen hat, steht er wieder oben am Rande seiner Treppe in der Bibliothek und schaut hinab auf die Tische. Jetzt, in seinem Traum, sitzt sie dort, über Bücher gebeugt und liest. Fox steigt die Treppe hinab, ohne sie aus den Augen zu lassen. Noch hat sie ihn nicht bemerkt.

Unten angelangt geht er langsam an ihren Tisch und bleibt stehen, bis sie ihn bemerkt. Sie hebt den Kopf und schaut ihn still aber nicht abweisend an. Fox hat keine Ahnung, was er sagen soll. Also schaut er sie nur an und weiß, dass er dabei eine dämliche Figur macht. Sie lächelt und wartet. Sie hat keine Eile. Seinen Blicken standhaltend schaut sie ihm direkt in die Augen. Fox ist nun derjenige, der als Erster ihren Blicken nicht mehr gewachsen ist und zu Boden schaut. Mit nach unten gerichtetem Kopf ohne direktem Blickkontakt fasst er Mut und spricht sie leise an:

„Hätten Sie Lust mit mir einen Kaffee zu trinken?"

Zu seiner Überraschung steht die junge Frau lächelnd auf, geht zu ihm um den Tisch herum und hakt sich bei ihm ein.

„Natürlich, gerne. Ich heiße übrigens Karin. Ich dachte schon, du würdest mich nie fragen. Und wie ist dein Name, gutaussehender Mann?"

„Fox",

stößt er hervor, ob des Komplimentes.

Fox hat damit nicht gerechnet und wird rot. Der, der sich immer schwertut, mit Frauen ins Gespräch zu kommen, ist gerade überfordert. Wie kann er so schnell Erfolg haben? Er sieht nicht schlecht aus, aber sportlich würde er sich auch nicht bezeichnen.

Er hat auf seinem langen Marsch alles an Fett verloren, was er mal mit sich herumgetragen hat. Aus Haut, Knochen und Sehnen besteht er noch, zwar braun gebrannt und mit wettergegerbter Haut, aber doch sehr hager.

Sie lässt ihre Bücher am Platz aufgeschlagen liegen. Niemand wird sie wegräumen und ihren Inhalt kann auch keiner lesen. Die Buchinhalte sind einmalig und nur für die Hauptfigur des Buches bestimmt. Es gibt keine Seriennummern, niemand kann sie mit einer wiederkehrenden Fassung bestellen. Jeder hat ein anderes Buch erhalten. Die Bibliothek im Berg beherbergt Bücher, die so einmalig sind wie die Menschen auf diesem Planeten.

Gemeinsam gehen sie aus der Bibliothek und steuern die kleine Kneipe an. Dort angelangt setzt sie sich gegenüber an den langen Tisch. Noch sind sie allein. Sie bestellen sich einen Kaffee.

„Warum bist du hier?"

Und Sie erzählt:

„Ich war einsam. Nein! Ich habe mich in die Einsamkeit zurückgezogen. Unsere Siedlung hatte sich verändert. Sie wurde steriler, die Menschen gingen sich aus dem Weg. Und meine letzte kurze Beziehung mit Hannes war eine Katastrophe. Dadurch, dass ich mich immer weiter zurückgezogen habe, wurde ich gegenüber Menschen immer abweisender. Ich bekam immer weniger Kontakt zu Menschen, so dass ich irgendwann meine Wohnung auch nicht mehr verlassen habe. Alle meine Einkäufe wickelte ich über das Internet ab. Ich begann zu Trinken bis auch das nicht mehr ausreichte. Dann bin ich auf synthetische Drogen umgestiegen, um mich noch mehr zu betäuben. Auf einem meiner Trips wäre ich fast an einer Überdosis gestorben. Das Zeug, was ich genommen hatte, war nicht gestreckt, so dass ich zu viel genommen hatte. Ich hatte in den dunklen Abgrund geschaut und mich furchtbar erschrocken. Das war der Augenblick, in dem ich was verändern wollte. Das habe ich begriffen. So konnte es nicht weiter gehen, war ich doch noch jung.

Sollte das schon alles gewesen sein in meinem Leben?
Eines Tages war ich spät im Bett und bin in einen tiefen Schlaf gefallen. Ich
begann zu träumen und wachte in dieser Bibliothek im Berg auf. Ich hatte
keine Ahnung wie ich hierhingekommen bin und was ich hier sollte. Schnell
habe ich aber begriffen, um was es hier geht. Das dabei keiner der hier Anwe-
senden an einem persönlichen Austausch interessiert ist, half mir in der An-
fangszeit, mich auf die Bücher und meine Geschichte zu konzentrieren. Jetzt,
heute, ist der erste Tag, an dem ich gedacht habe, dass ein Gespräch mit einem
anderen Menschen mir guttun würde, und da hast du mich angesprochen."

„Was für ein Zufall!"

Langsam beginnt er zu verstehen. Es geht um Selbstfindung. Jeder
der hierher kommt ist an einem Punkt, an dem er nicht mehr so
weiter machen kann wie bisher und muss erst einmal begreifen,
wer er selbst ist, um dann rausgehen zu können und sich einem
anderen Menschen zu öffnen. Diesem Menschen kann er dann
begegnen, weil er weiß, wer er selbst ist und was ihm selbst gut-
tut. Damit wird deutlich, bis zu welchem Grad man sich in eine
Beziehung hineinbegibt und ab wann die Auszehrung beginnt,
weil man zu viel investiert hat und die Kraft kleiner wird. Ist der
Partner für sich selbst gesund, weiß er wie weit man gehen kann,
bevor man sich verliert. Ein Gleichgewicht stellt sich ein und die
Beziehung wird fruchtbar und das Glück zieht ins Haus ein und
kann wachsen.

Fox und Karin sitzen bis spät in der Nacht in der kleinen Kneipe
am Berg und erzählen sich ihre Geschichten, ihre Fehler und dass
was sie glücklich macht. Tief in der Nacht verlassen sie diesen Ort
und gehen auf ihre Zimmer, nicht aber ohne sich vorher für den
nächsten Tag in der Bibliothek zu verabreden.

TRAUMREALITÄT

Hier endet der Traum überraschend. Es scheint, als ob die Träume in dieser eigenartigen Stadt eine ähnliche Qualität haben, wie bei ihm zu Hause. Fox kann sich erinnern, dass er schon mal eine Phase sehr deutlicher Träume hatte.

„Ich weiß aber nicht mehr, wo ich einsortieren muss.“

Klarträume heißen sie im Volksmund, weil sie so deutlich sind und sich real anfühlen. Und das Interessanteste daran ist, dass man sie nicht vergisst. Normale Träume werden in dem Augenblick gelöscht, in dem man die Augen öffnet, wenn sie nicht sogar schon im Laufe der Nacht aus dem Bewusstsein verschwinden. Klarträume dagegen verhalten sich anders. Sie sind wie Klebstoff, denn sie haften sich an einen und lassen einen nicht mehr los. Begleiten ihn durch den Tag und man denkt unwillkürlich immer und immer wieder darüber nach.

Nach einer kurzen unruhigen Nacht, Fox denkt immer wieder an Sunday, wacht er morgens mit zerschlagenen Knochen auf. Er wäscht sich schnell und schlendert zur Bibliothek. Er ist neugierig und hat es ein wenig eilig. Dort will er Karin aus dem Traum treffen, die schon über ihren Büchern gebeugt, ihrer Geschichte folgt. Der Traum scheint sich mit der Realität zu vermischen.

„Komisch, ich denke über eine Frau im Traum nach und weiß gleichzeitig, dass ich sie hier treffen werde. Was ist dann Traum und was ist Realität? Und ist die vermeintliche Realität wirklich die Wahrheit oder ist das auch ein Traum. Vielleicht befinde ich mich in einem großen Klartraum? Aber wenn dem so ist, dann wird der ja auch ein Ende haben. Wo also ist der Ausgang? Aber wie kann ich zuerst unterscheiden was Traum und was Realität ist?“

Sein Kopf schwirrt. Fox hat beim Eintritt in die Bibliothek nicht auf die Regalreihen geschaut, sondern sich auf die Suche nach Karin konzentriert. Er scannt die Tischreihen ab, irgendwo muss sie ja sein. Ungefähr, wenn sein Traum stimmt, sollte sie in einer bestimmten Richtung zu finden sein.

„Mal schauen, ob sie wirklich da ist?"

Und tatsächlich, da sitzt sie. Fox geht zu ihr herüber. Vorsichtig, denn er kann nicht einschätzen, was Realität und was Traum ist.

„Was wäre, wenn es wirklich nur ein Traum gewesen ist? Dann wird sie mich gleich schallend auslachen, ob der plumpen Art und Weise, wie ich sie anspreche."

Als er neben ihr steht schaut sie auf:

„Geh mal zu deinem Regal rüber. Es hat sich was verändert",

sagte sie lächelnd, als ob auch sie den Traum der letzten Nacht geträumt hat.

„Wie kann das sein? Zwei Menschen träumen den gleichen Traum, sind jeweils Teil des Traumes des anderen. Was geht hier vor? Was ist das für ein eigenartiger Ort?"

denkt Fox verwundert.

Fox ist verwirrt, macht sich aber gleich auf den Weg. Er geht die Treppen zu seinem Regal hinauf und steht wenige Momente später in seinem Gang. Ein Großteil seiner Bücher ist fort. An ihren Stellen liegt nur noch ein wenig Staub. Das Regal hat sich erheblich verkürzt, weil sich auch der Gang und der Inhalt verkürzt haben. Viele Regalmeter fehlen. Sein Sessel, den er in den letzten Tagen immer wieder genutzt hat, um sich in seine Geschichte zu vertiefen, ist näher an die Treppe gerutscht und steht nicht mehr am Ende des Ganges, dort wo das Licht schlechter ist, aber die Stille umso intensiver.

„Heißt das, dass das Lesen bald ein Ende hat? Oder habe ich was falsch gemacht und mir wird die Möglichkeit des Lernens genommen? Habe ich womöglich Teile meiner Geschichte verloren oder verändert?"

Fox geht zur Treppe, schaut hinab zu Karin und macht ihr, nachdem er sie gerufen hat, deutlich, dass er ein wenig weiterlesen wird. Karin blickt auf und nickt. Nachdenklich setzt er sich in den Sessel und beginnt eines der wenigen Bücher, die übrig geblieben sind zu lesen. Diesmal geht es um Freundschaft und Loyalität. Irgendwann im Laufe des Tages muss er eingenickt sein, denn er wird von Karin, die neben ihm kniet, sanft geweckt.

„Kommst du mit? Es ist schon Abend und ich habe Hunger."

Sie nimmt ihm das Buch aus der Hand, was er sich auf die Oberschenkel gelegt hatte, aber immer noch mit beiden Händen festhält. Fox braucht einen Moment, um wach zu werden. Dehnt sich kurz und steht dann auf.

„Habe ich lange geschlafen?"

„Keine Ahnung, ich habe dich nicht beobachtet. Kommst du jetzt?"

„Ja sicher. Wo gehen wir denn hin?"

„Wohin schon? So groß ist die Auswahl hier nicht."

Er schnaubt amüsiert, eine sinnlose Frage. Sie steigen die Treppe hinab, verlassen das Berginnere und machen sich auf den Weg zur einzigen Kneipe des Ortes.

Das Angebot in der Kneipe ist nicht groß, aber den beiden reicht es. Wieder schließt sich ein Abend an, an dem sie viel erzählen. Heute ist es Fox, der vor allem von seiner Geschichte, seinem Leben und seinem Weg hier in den Berg erzählt. Und Karin hört ihm zu. Stellt hier und dort eine Frage, die Fox meistens nicht spontan beantworten kann. Sich selbst zu reflektieren ist immer noch keine große Stärke von ihm, also folgen den Fragen meist Pausen, in denen Fox den Blick zur Decke oder zum Fenster richtet und nachdenkt. Sie fühlt ihm ab und an auf den Zahn und Fox begreift, warum er in der Bibliothek eingeschlafen ist. Sich selbst wahrzunehmen hat etwas damit zu tun, in sich hineinzuschauen. Dafür braucht er all seine Kraft. Es wird ein Gutes und ein anstrengendes Gespräch, weil Dinge hervorgeholt werden, die er tief ins sich begraben hatte. Tief wie die Bücher in der Bibliothek, die im Berg vergraben sind. Karin scheint schon weiter zu sein als Fox, also stellt sie die richtigen Fragen.

Spät wird es bevor die Beiden sich wieder auf den Weg in ihre Zimmer machen. Diesmal ist sein Schlaf tief, fest und ruhig.

Einige Stunden später ist er wieder wach und bereits auf dem Weg in die Bibliothek. Draußen ist es noch dunkel. Dort angekommen, schaut er erst nach, ob Karin an ihrem Platz sitzt. Weiß er doch, dass sie eine Frühaufsteherin ist. Karin schläft aber wohl noch.

„Gut, mach ich mich an die Arbeit."

Fox steigt erneut seine Treppe hinauf, wie an so vielen Tagen zuvor und stockt. Die Regale sind fort, die Bücher ebenso bis auf ein Einzelnes, was auf seinem Sessel liegt. Der Gang in den Berg hinein ist verschwunden, dafür steht ein kleiner Tisch neben seinem Sessel. Fox dreht sich zu seinem Sessel, das einzelne Buch macht ihn neugierig.

Auf dem Buchrücken steht in großen Buchstaben: SUNDAY

Fox vergisst alles um sich herum, nimmt das Buch in seine Hände, setzt sich in seinen Sessel und schlägt es auf. Es ist die Geschichte seiner Frau. Die erste Hälfte des Buches ist ihre eigene Geschichte, bis zu dem Zeitpunkt, als sie heiraten. Der zweite Teil beginnt mit seinem Unfall und dem, was Sunday ab diesem Zeitpunkt für ihn getan hat. Die Geschichte beschreibt ihre Sorgen um ihn, wie sie ihm das Leben gerettet hat, wie sie die Familie weiterführt, sie zusammenhält, was sie sich beide gemeinsam aufgebaut haben. Sie hat keine Zweifel und macht wie selbstverständlich weiter. Ihm wird klar, dass er das alles hier in dieser Stadt, in dieser Bibliothek in diesem Berg nicht erleben würde, wenn es sie nicht geben würde.

Fox vertieft sich weiter in das Buch über Sunday und gleichzeitig stellt er sich immer mehr Fragen zu dem Ort, an dem er ist und wie er hierhergekommen ist.

„Vielleicht weiß Karin ja mehr.“

Fox schaut von seinem Sessel auf und sucht die Tische unterhalb seiner Etage nach Karin ab. Sie sitzt wie jeden Tag an ihrem Platz. Auch bei ihr ist die Zahl der Bücher deutlich geschrumpft. Leise versucht er sie zu rufen, hält inne und lässt es dann sein. In einer Bibliothek soll man nicht rufen. Er hat es gestern schon gemacht und ein vielstimmiges „pssst“ geerntet. Und Karin scheint vertieft zu sein in ihrem Buch. Sie wird ihn sowieso nicht hören.

Fox überlegt:

„Mit dem Buch über Sunday bin ich fast fertig. Nur noch wenige Seiten habe ich zu lesen. Das mach ich noch zu Ende und dann gehe ich runter. Hier bin ich dann wohl fertig, weil ich dann keine Bücher mehr zu lesen habe.“

Er lehnt sich wieder in seinen Sessel und liest die letzten Seiten. Seiten, in dem ihm deutlich wird, wie wichtig er Sunday ist und dass sie alles für ihn tun würde. Eine halbe Stunde später blättert Fox die letzte Seite um, klappt den Rückeneinband zu und legt sich das Buch auf die Oberschenkel, dabei schließt er die Augen.

„Feierabend!"

Er atmet tief durch. Lehnt den Kopf nach hinten an die Sessellehne und schaut zur Decke dieser gewaltigen, sich ständig verändernden Halle. Die vergangenen Monate laufen wie ein Film durch seinen Kopf.

„Was ist alles passiert? Wo war der Anfang, der Auslöser für diese Reise? Wie heißt dieses Land, in dem ich bin und wie heißt diese Stadt ohne Ortsschild mit dieser eigenartigen Bibliothek. Real kann das alles nicht sein? Aber wenn das nicht real ist, dann kann es nur ein Traum sein. Wie aber wacht man aus einem Traum auf, wenn man noch schläft? Wie geht es jetzt weiter?"

Fox weiß sich keinen Rat. Er verlässt seinen Platz und steigt ein letztes Mal die Treppe hinab. Er weiß, dass er nicht wieder hierher zurückkommen wird, denn schon morgen, wird es diesen Sessel mit dem Buch von Sunday, den kleinen Tisch nicht mehr geben. Morgen ist hier vielleicht ein anderes Regal für einen anderen. Auf der letzten Stufe dreht er noch einmal um und schaut die Treppe hinauf. Lange blickt er hoch. Es ist alles so, wie er es gerade verlassen hat.

„Geh ich jetzt als Nächstes zu dem alten Mann mit der Seilwinde? Dann werde ich die Stadt wohl verlassen und zurückwandern. All diese vielen Kilometer, diese vielen Wochen, bis ich wieder da anlange, wo ich gestartet bin. Ok, wenn dem so ist, muss ich mich diesmal besser vorbereiten. Ich sollte Wandersachen besorgen, Proviant mitnehmen, ein Zelt kaufen usw. Wovon soll ich das bezahlen? Und überhaupt, wo soll ich das kaufen? Es gibt hier keinen einzigen Laden für diese Sachen und auf dem Weg in diese Stadt bin

ich weder einer Menschenseele noch einem Geschäft oder gar einer Ortschaft begegnet."

„Na, bist du fertig mit deinen Büchern?"

Karin hat ihn gesehen und ist von ihrem Arbeitsplatz aufgestanden.

„Ja, scheint wohl so. Ich habe dort oben keine Bücher mehr, die ich lesen könnte. Heute lag nur noch ein Einzelnes dort. Das habe ich durch und bin unschlüssig, wie es weiter geht, denn meine Arbeit scheint hier beendet zu sein. Ich glaube, als Nächstes steht wieder eine Wanderung an, aber ich habe keine Ahnung wie ich das machen soll."

„Meine wohl auch. Auch ich habe jetzt keinen Lesestoff mehr. Was meinst du, sollten wir das nicht feiern? Bevor wir uns auf die Reise machen, sollten wir es noch mal krachen lassen. Wer weiß, wie es uns während der Reise ergehen wird."

„Ja, vielleicht. Lass uns in unsere Kneipe gehen. Vielleicht hat der Wirt was Leckeres zur Feier des Tages."

ANFANG

Karin schnappt sich ihre Jacke und beide verlassen die Bibliothek. Im Hintergrund stehen die Bibliothekare und lächeln. Wieder haben Menschen gelesen, gelernt und diese Zeit durchgestanden. Die Leser hier werden still, kehren zu sich zurück, um dann wieder nach draußen zu gehen. Es werden neue kommen. Für heute sind es zwei Besucher weniger in diesem Bibliotheksberg. Ihre Arbeit als Bibliothekare hat sich gelohnt. Sie drehen sich um und gehen in ihren Vorbereitungsraum, um sich dem nächsten Auftrag zu widmen. Wieder wird ein Mensch kommen und auch dieser wird lesen, um zu lernen und zu verstehen. Wieder werden die Bibliothekare einen neuen Gang in den Berg hineintreiben, werden Regale aufstellen und viele Bücher in die Regalfächer legen. Und wieder wird dieser Mensch vor diesen vielen Büchern stehen und das Gefühl haben, vor einem Berg von Arbeit zu stehen und zu scheitern. Dieser Mensch wird zweifeln und auch verzweifeln bei dem, was er sich erlesen muss. Dann ist es die Aufgabe der Bibliothekare ihm Mut zu machen, damit er beginnen kann und durchhält. Das ist nicht bei jedem Neuen notwendig aber doch bei dem einen oder anderen. Sie werden Zeit brauchen. Tage, Wochen, Monate, aber es geht darum sich das Leben vor Augen zu führen. Das braucht Zeit, weil sich ein Gefühl bilden muss, das dann Veränderungen herbeiführt. Und Gefühle sind bekanntlich langsam. Langsam wie eine Weinbergschnecke.

In der Zwischenzeit haben Fox und Karin die kleine dunkle Kneipe erreicht. Sie nehmen ihre Plätze vom Vortag ein und bestellen sich einen leckeren Wein. Der Tag muss gebührend gefeiert werden, egal wieviel Angst vor den kommenden Tagen bereits an die Türe klopft. Sie lachen, feiern und genießen den Abend.
Als es draußen schon dunkel ist und beide etwas angeheitert sind, fasst Fox die Hand von Karin, zieht sie zu sich über den Tisch und gibt der jungen Frau einen Kuss auf die Stirn. Sie schauen

sich lange und tief in die Augen. Beide wollen an diesem Abend nicht allein bleiben. Sie trinken ihre Gläser aus, verlassen ihren Platz in der Kneipe und steuern ohne Worte durch die Dunkelheit der Nacht das Zimmer von Fox an. Diesmal gehen sie keine getrennten Wege.

Auch bei Sunday ist es mittlerweile Nacht. Den ganzen Tag über war Fox immer wieder unruhig und sie freut sich auf die kommende Nacht, in der sie ihm Wärme und Nähe geben kann. Vielleicht wird er sich entspannen können. Sunday räumt noch kurz das Haus auf, packt die medizinischen Utensilien an ihre Plätze und geht ins Badezimmer, um zu duschen.
Ihre Kinder schlafen zu dieser Zeit schon tief und fest, auch Tiffany hat sich vor Stunden verabschiedet, so dass sie allein ist und ihren Gedanken nachhängen kann.

Fox und Karin haben sich ebenfalls bettfertig gemacht. Karin hat sich als Erstes ausgezogen und liegt bereits unter der Decke. Fox will noch kurz duschen und sich dann auch zu dieser schönen, attraktiven Frau legen. Was passieren würde, ist beiden klar und es ist gut so. Sie haben sich in den letzten Tagen so viele Geheimnisse erzählt, dass sie sich ein Stück weit kennen und vertrauen. Sie mögen sich, sind sie doch ehrlich zueinander und scheinen sich zu ähneln. Kein Wort wird in dem Zimmer gesprochen. Es werden nur Blicke ausgetauscht.
Fox trocknet sich ab, löscht das Licht und geht zum Bett, indem Karin schon auf ihn wartet. Sie liegt auf der Seite, den Blick zur offenen Seite des Bettes gerichtet. Fox legt sich hinter sie und umfasst ihre Hüfte. Beide rutschten aufeinander zu, so dass sich ihre Körper vollständig berühren.

Sunday ist mittlerweile auch fertig, hat sich entkleidet und klettert zu Fox ins Bett. Da sie Fox auf der Seite gelagert hat, legt sie sich hinter ihn, umschlingt ihn mit ihrem freien Arm und rutsch ganz eng an ihn heran. Sie will ihm möglichst viel Wärme geben. Sie hört seinen Atem, spürt die Bewegung seiner Lunge und fühlt seine kühle Haut, die sie in dieser Nacht wärmen will.

Müde ist sie und sie ist froh, endlich liegen zu können. Der Tag ist anstrengend gewesen. Bald schläft sie ein.

Auch Fox und Karin sind eingeschlafen. Sie haben sich noch ein wenig gestreichelt aber die Müdigkeit und der Alkohol breiten sich schwer und schnell auf ihnen aus, so dass beide fast gleichzeitig einschlafen. Beide träumen in dieser Nacht von ihrem Weg hierhin. Sie sind froh, dass sie sich halten können.

Stunden später kriecht die Sonne am Horizont herauf und erwärmt die Landschaft vor ihnen. Wärmende Sonnenstrahlen fluten das Land und erwecken alles Lebende für einen neuen Tag.

Fox erwacht langsam aus seinem Schlaf. Sein Gehirn beginnt zu arbeiten, die Augen sind noch geschlossen. Er erinnert sich an den gestrigen Abend und dass er mit Karin ins Bett gegangen ist. Langsam versucht er die Augen zu öffnen, aber er scheint noch zu müde zu sein. Er schafft nur einen schmalen Schlitz, durch den er erkennen kann, dass der erwartete nackte Rücken, den er küssen will, nicht da ist. Dafür spürt er einen warmen Arm, der auf seiner Hüfte liegt. Er spürt diese Frau in seinem Rücken und muss ein wenig schmunzeln. Hatten sie doch Sex und Karin ist über ihn herübergeklettert und in seinem Rücken eingeschlafen? Vorsichtig versucht er sich zu drehen, um Karin anzusehen. Aber er kann sich kaum bewegen.

„Was ist denn los, wie viel Wein haben wir denn gestern getrunken, dass ich nicht mal meine Muskeln beherrschen kann."

Er versucht seinen Arm zu bewegen. Nichts, auch das geht nur wenige Millimeter weit. Er wiegt einfach zu viel. Fox hat den Eindruck auf seinem Körper würden tonnenschwere Gewichte liegen.

„Was ist passiert? Ich fühle mich wie gelähmt, kann mich kaum bewegen"

Er versucht es erneut, doch es ist sinnlos, es geht einfach nicht.

„Vielleicht funktioniert ja noch meine Sprache? Denken kann ich in meiner Sprache. Vielleicht kann ich Karin ein Zeichen geben, damit sie mir hilft. Vielleicht war der Wein mit irgendetwas versetzt?"

Fox setzt an Karin zu rufen, aber herauskommt nur ein Blubbern und Zischen. Er versucht es lauter, nichts, keine Reaktion. Schweiß rinnt ihm von der Stirn vor lauter Anstrengung und aufsteigender Panik.

Er versucht es ein weiteres Mal, mit ausbleibendem Erfolg. Nichts funktioniert. Nach ein paar weiteren Versuchen beschließt er liegen zu bleiben. Karin wird schon aufwachen, dann wird sie ja sehen, dass es ihm nicht gut geht. Und vielleicht kann er bis zu diesem Zeitpunkt noch etwas Kraft sammeln.

Die Minuten verrinnen. Fox hört nur das gleichmäßige Atmen seiner Bettnachbarin.

Irgendwo erklingt ein Wecker. Fox staunt, denn einen Wecker hat er nicht. Auf seiner Reise gab es keine technischen Geräte. Vielleicht hat Karin einen Wecker mitgenommen. Der Körper neben ihm beginnt sich langsam zu bewegen. Der Arm, der über seiner Hüfte liegt, wird weggezogen und der Körper verlässt das Bett. Fox hört, wie ein Bademantel angezogen wird und sich leise Schritte auf seine Seite hinbewegen.

Fox sammelt alle Kraft, um die Augenlider zu heben und um Karin ein Zeichen zu geben. Wenigstens die Augen öffnen zu können, wäre ja schon ein Erfolg. Der Spalt wird immer größer aber der Blick ist noch getrübt und verschwommen. Die Schritte kommen näher und ein Kopf senkt sich zu seinem Gesicht hinab. Ein Kuss wird ihm auf die Stirn gedrückt und vor ihm erscheint das Gesicht von Sunday. Eine Träne fällt auf sein Gesicht.